沙優
SAYU

神田 蒼
KANDA AO
「這樣沒有吸引到吉田的話，就是他品味不好。」

三島柚葉
MISHIMA YUZUHA
後藤愛依梨
GOTO AIRI
「三島，妳果真很可愛。」
「……後藤小姐，我果真愛不了妳。」

contents

刮掉鬍子的我與撿到的女高中生

Each Stories

しめさば

插畫／ぶーた

Kadokawa Fantastic Novels

第1話 荷包蛋

「啊。」

荷包蛋的蛋黃滴落在餐桌上。

「可惜耶。」

我喃喃自語，並且拿濕抹布擦拭餐桌。

「抱歉，滴到了一點。」

沙優做的菜撒出來浪費掉還滿可惜的。見我朝著在餐桌對面用早餐的她道歉，沙優眨了眨眼睛，失笑出聲。

「沒關係啊，你又不是故意的。好有規矩喔。」

沙優呢喃似的這麼告訴我，然後用筷子靈巧地單單切下了荷包蛋的蛋白，送進嘴裡。

她一點一點地吃掉蛋白，好將荷包蛋的蛋黃留得整整齊齊。

我則是立刻戳破蛋黃，再用蛋白沾著吃。看了沙優那種吃法總覺得有些新鮮。

「沙優，說到妳做的荷包蛋啊……」

聽到我心血來潮地開口，沙優暫且停下筷子，偏了偏頭。

「嗯？」

「呃，我覺得蛋黃煎得好嫩。這樣算半熟嗎？」

「算吧……」

沙優含糊地點了頭，然後又把頭偏到一邊。

「你該不會討厭吃半熟的？」

「沒有沒有，我不是那個意思。我倒喜歡吃嫩的。蛋白跟飯都沾得到蛋汁的滋味，這樣很好吃啊。」

「是喔，幸好。」

我要談的並非荷包蛋嫩不嫩，應該說純屬有感而發。

「我母親做荷包蛋總會將蛋黃煎到熟透，吃起來感覺就乾乾的。我小時候不太喜歡荷包蛋呢。」

「這樣啊？」

「等到我開始獨居，試著自己煎的時候，也抓不準火候跟加水的時間點，只能做出跟母親一樣蛋黃熟透的菜式。」

我談起了這些，沙優顯得比平時還要茫然地一邊望著我，一邊應聲。

「話說妳果然很會做菜耶。」

我覺得自己聊了些不著邊際的事，打算用這種方式做結論收尾，此時沙優的表情才總算有了改變。彷彿之前神遊在外的思緒逐漸回到她身上，她動了動眉毛，隨後滿臉通紅。

「啊，會……會嗎？」

沙優略顯害羞似的把頭生硬地偏向一邊，還撥弄起髮梢。

「妳跟父母學的？」

「咦？」

我一問，沙優的表情便再次僵住了。

糟糕——我心想。然而話說出口就收不回來。

對方理應是逃離家庭才會來到這裡，怎能跟她聊父母？後悔的念頭閃過我腦裡。

沙優卻略顯為難似的將目光轉了一轉，隨後帶著憨笑搖搖頭。

「我媽媽屬於不太會下廚做菜的人。」

沙優把話斷在這裡，並且讓視線落到盛著荷包蛋的盤子上。

「烹飪幾乎算是我自學的吧。看料理書籍，以及網路。過去我還會試著將口味改成自己的喜好。」

「……這樣啊。」

關於沙優的家庭狀況，至今我都未曾過問，她也不會主動提起。對於這方面，我是認為在她本人有意願談之前都沒必要問。

明明如此，我卻脫口問了那句多餘的話。我跟著垂下目光，察覺到沙優朝這裡瞥了一眼。

「啊，不過呢！」

沙優「啪」地將手掌拍響，並且發出開朗的嗓音。

「做菜挺好玩的啊。以前我常會自己下廚。或許……類似於一種興趣吧。」

「是嗎……」

我自然而然地冒出嘆息般的聲音。

這次又讓沙優為我費心了。

「拜此之賜，我才能每天吃到這麼美味的飯菜，可真是感激不盡。」

聽我這麼說，沙優微微臉紅，露出了收斂不住的笑容。

我夾起荷包蛋，再吃一口。蛋的滋味在嘴裡擴散，趁味道還沒消失趕緊大啖白米飯。好吃得讓人無法抗拒。

彼此默默地吃了一陣子早餐。最後，沙優那顆荷包蛋的蛋白終於完全清掉了，只剩圓乎乎的蛋黃整整齊齊地留在她盤裡。

我好奇沙優會怎麼吃那顆蛋黃，於是一邊啜飲味噌湯，一邊若無其事地將注意力放在那上面。她終於朝那顆蛋黃動筷了。

沙優用筷子牢牢地夾住蛋黃，切都沒切就直接從盤子上搛起來。

接著，平時總是細嚼慢嚥，不太會張大嘴巴吃東西的沙優，難得大大地張口把整個蛋黃送進了嘴裡，而且還一臉幸福地瞇眼，從鼻子發出「嗯哼」的聲音。

我本來以為自己懂得避免盯著他人用餐的模樣不放，卻因為過度訝異而目不轉睛。

把蛋黃送進嘴裡以後，沙優抬起來的視線自然跟我對個正著。

沙優頓時停下在咀嚼的嘴，像倉鼠一樣鼓著腮幫子，把頭偏向了旁邊。

「嗯？」

「呃，抱歉。」

我連忙把目光從沙優身上別開。

「看妳一口把蛋黃吃掉，我有點嚇到。」

聽到視線游移於餐桌上頭的我這麼說，沙優再度開始咀嚼，不一會兒就吞下蛋黃了。

「咦，我這樣很奇怪嗎……」

「沒啦，說奇怪倒不至於喔？」

沙優發問的語氣和表情相當不安，因此我連忙搖頭。

「妳想嘛，平時妳用餐都不太會張大嘴巴啊，所以我有點吃驚罷了。」

「是、是喔……？」

沙優也左右張望起來，接著就不吭聲了。

客廳裡流動著一股難以言喻的氣氛。

「吉、吉田先生……」

沙優開口。我望過去，發現她莫名地紅了臉。

「沒想到你對我觀察得好仔細耶，在許多方面……」

「咦？哪裡，沒那回事……」

「好比吃飯時怎麼張嘴，多半沒有人會注意吧……一般來講。」

「呃，我只是碰巧看在眼裡。」

「……好色喔。」

「為什麼啦！」

我扯開嗓門，沙優這才嘻嘻地露出笑容。儘管氣氛曾一瞬間變得古怪，但眼下我感受到回歸原樣，總算稍微安了心。

「把蛋黃一口氣吃掉的味道很棒喔。」

沙優說完以後，咕嚕喝起味噌湯。

「蛋的滋味會在嘴巴裡爆發。」

「會爆發啊？」

「會的，沒錯。」

沙優說完，又嘻嘻地笑了出來。

「下次吉田先生也試試看嘛。」

「哎……等我有興致吧。」

我答得含糊不清。而沙優露出了使壞似的笑容，並且說道：

「那樣的話，下次就換我看吉田先生張大嘴巴的模樣了。」

「別吧，那沒什麼好看的啦。」

「吉田先生，我要把你說的話原原本本地奉還回去～」

看到沙優嘻嘻地晃了晃肩膀，我也稍微忍俊不禁。

這段對話從我失言後連綿不絕地接了下去，卻好像讓我窺見了些許沙優不為所知的一面，有種不可思議的心境。

不知怎地，沙優幸福地瞇眼吃起荷包蛋蛋黃而大快朵頤的那副表情，我在腦海裡頭回味了好幾遍。

第2話 饅頭

「好，大家都領到了吧。要幾粒都行喔。想吃多少儘管拿。」

在辦公室中央，有著相同外形的包裝盒堆得像山一樣高。

日前請有薪假闔家出遊的上司上田先生似乎買了饅頭當成伴手禮帶來公司，數量卻不太對勁。

基本上買這類糕點，我覺得分量控制在所有人各拿一粒還會剩下些許才恰當，堆積起來的包裝盒數目卻不是那麼回事。恐怕多到每個人各拿三、四粒還有剩。

「買來的分量還真可觀耶……」

「喔，吉田啊。你也拿一些去。」

見我站到高聳如山的包裝盒前，上田先生便把整盒饅頭塞了過來。

「不用啦，我實在不好意思拿一整盒。」

「照這樣下去鐵定會剩一大堆，你就當舉手之勞吧。」

「倒不如說，買來的量怎麼會誇張成這樣？」

我不情願地收下那盒饅頭，同時問道。

上田先生落落大方地交抱雙臂，並且回答我：

「因為土產店的店員小姐長得滿正點的嘛……內人購買其他東西時，閒著也是閒著的我就跟那位店員小姐攀談了幾句，一時得意忘形，打趣講出：『不然這裡擺的饅頭我全包了怎樣～』才發現自己騎虎難下……」

「犯傻了是嗎？」

「出外旅行，犯點傻也無妨啦。」

上田先生滿不在乎地笑了笑，然後又拿起一盒饅頭遞過來。

「要不再拿一盒？」

「不不不，不必了。我吃不下那麼多。」

「是嗎……喂，那邊的小伙子都過來！難道你們還沒有拿嗎！」

上田先生開始叫住那些路過而沒有領饅頭的公司員工。

我默默地看著留在手邊的饅頭包裝盒，不曉得該如何是好。我並不討厭饅頭，但獨自消費一盒感覺未免太多。

「吉田前輩，你怎麼愣在這裡？」

「唔喔。」

由於三島不知何時站到身旁，我嚇得跳了起來。

「前輩拿了一整盒啊！」

聽三島的語氣顯得大驚小怪，我用下巴示意要她看上田先生前面的成堆盒裝饅頭。

「妳也去領一盒如何？」

「不，我領過啦。已經吃掉了。」

「真快耶。」

「甜度滿節制的，我覺得很好吃。」

聽三島這麼說，我打開盒子，拿了兩粒饅頭出來，然後遞給她。

「我吃不完這些，幫我吃。」

三島一邊眨眼，一邊把饅頭收到手裡，接著偏了偏頭。

「吉田前輩，你不敢吃甜的嗎？」

「呃，倒沒有那種事⋯⋯」

別說不敢，饅頭還滿合我所好。也許是因為母親喜歡吃饅頭，老家往往都備有饅頭當茶點。我想起她老是隨手把饅頭拈來嘗。

「不過數量這麼多，我們分一分比較好吧。何況妳提到這很好吃，卻沒有再去領，感覺應該有不方便去領的理由⋯⋯呃，妳那是什麼臉？」

我一邊回答，一邊看向旁邊的三島，結果發現她噘起嘴，還有些臉紅地瞪著我。

「妳在氣什麼？」

「我又沒有生氣。唉，真是的。」

三島明顯氣呼呼地從我手邊的盒子裡多抓了兩粒饅頭。

「拿就拿嘛。」

「可、可以啊……」

「我真的覺得你很賊耶，吉田前輩。」

「啥……我哪裡賊了？」

聽我這麼反問，三島就用手肘輕輕頂了我的側腹，然後吐舌。

「請前輩自己想。」

話一說完，三島便回到自己座位。才剛入座，她就拆了一粒饅頭的小巧包裝袋，臉紅脖子粗地朵頤大嚼。我苦笑著把視線從她身上轉開，這會兒便跟坐在遠處辦公桌的後藤小姐目光交接了。

雖然不知道為什麼，但我跟三島講完話之後常會跟後藤小姐對上目光。

後藤小姐稍稍偏了偏頭，隨即微微一笑，招了招手。既然被叫到，我總不能無視。

我拿著那盒饅頭走到後藤小姐的辦公桌前。

「怎麼了嗎？」

「哎，倒也沒有什麼事。你想嘛，因為目光對上了啊。」

後藤小姐流露出比平時還要孩子氣的嘻嘻笑容，然後將目光落在我手邊的饅頭。

「吉田，你也去拿啦？」

「看到那樣當然會拿的嘛，」

我望著數量仍不太有減少的成堆伴手禮回答，後藤小姐便再次聳肩。接著，她指向自己的辦公桌上。

「我也領到了兩盒。」

後藤小姐的辦公桌上也疊了兩盒饅頭。

「假如有家人能分享就好了。」

「哈哈，我有同感。」

後藤小姐略帶自嘲地打趣，我便陪著苦笑答腔。儘管後藤小姐並沒有跟家人同住，但她應該有男友啊，如此心想的我沒有說出口。這不是當下該提的事。

「一盒裡裝了十粒喔？而我領到了兩盒……一個人吃不完呢。」

「每天吃一粒也要花二十天嘛。」

「就是啊……雖然說每天多吃一點就不用愁了。」

見後藤小姐如此咕噥，我偏了偏頭。

「那妳吃不就好了嗎？」

「我說啊……吉田。」

感覺後藤小姐的眼角變得銳利了些。奇怪，我剛才有失言嗎？

「每天都吃好幾粒饅頭，會變胖的吧？」

「咦，是那樣嗎……？」

「是的。身為女性是會介意的！」

以她而言，剛才那句話講得比較大聲，鄰近的座位就有幾個員工朝後藤小姐瞥了過來。

我一邊把後藤小姐「身為女性是會介意的！」這句發言聽進去，一邊側眼看向座位在遠處的三島。她正好伸了手要拿第三粒饅頭。

「畢竟三島小姐還年輕，或許她不介意就是了。」

大概是順著我的視線看了過去，後藤小姐於是加重語氣這麼說道。

「咦，妳是不是在生氣？」

「我沒有。」

後藤小姐有些橫眉豎目地這麼說，並且把桌面上的饅頭收進了辦公桌。

「不過，妳可以當午餐。」

「咦？」

我一這麼說，後藤小姐就反問似的開了口。

「我是指這一陣子妳的午餐，可以不用只吃沙拉了。」

面對我說的話，後藤小姐目瞪口呆，做不出任何回應。

「既然收了東西，就得吃掉才行，即使當著大家面前吃也不會讓人聯想到什麼嘛。試著想像後藤小姐在辦公桌前吃饅頭的模樣……我反而覺得有點可愛。」

我一邊說，一邊看向掛在牆面的時鐘。辦公時間快到了，因此我正打算回自己座位準備開工。

當我抱著這種念頭把視線轉回後藤小姐的方向時，發現她的臉紅得令人吃驚，還比剛才更加橫眉豎目地望著我。

「咦，妳怎麼了嗎……？」

「唉唷，吉田！你真是的！」

後藤小姐起身朝著我的西裝使勁捶了幾下。

「辦公時間近了！回座位如何！」

「啊，好的……咦，妳是不是在生氣？」

「我沒有！」

後藤小姐帶著顯然動了氣的神情一邊這麼說，一邊揪住我的肩膀硬是要我轉方向，還從背後猛推。

「趕快回自己座位！」

「好、好的！」

「還有，午餐要跟我一起吃！」

「什麼？」

「快點回座位！」

「啊，好的！」

有許多環節讓人摸不著頭緒，但是離辦公時間真的只剩幾分鐘，我不能拖拖拉拉。

回座位之際，我跟一臉厲色看著這裡的三島對上目光了。妳那是什麼臉？

回自己座位以後，我把盒裝饅頭塞進公事包，並且將電腦開機。

「吉田，看來你真的有苦頭吃嘍。」

一旁的橋本狀似事不關己地這麼說道。

「什麼苦頭啊？」

我一反問，橋本頓時瞪大了眼睛，隨後失笑出聲。

「看來情況是你自己身在苦中不知苦。」

「啥？」

橋本哈哈大笑，還劈劈啪啪地敲起鍵盤。看他的臉龐，已經完全進入工作模式了。

他居然把話講完就開溜……

由於電腦開機了，我便決定把心思切換到工作上。

不過，今天早上三島和後藤小姐都生了我的氣。況且我還不太明白惹她們生氣的原因。

「實在搞不懂女人耶……」

我自認講話的聲音小到不會讓任何人聽見，一旁的橋本卻噗哧笑了出來，看來似乎是被他聽見了。

搔搔腦袋以後，我瞪向電腦畫面，以便開工。

第3話 員餐

我今天也保衛住吉田前輩了。

在員工餐廳，我自顧自地用鼻子哼聲。

這陣子，我曉得後藤小姐對吉田前輩的動作格外頻繁。好像每週幾次吧，她都會邀前輩吃午飯，然後兩個人到公司外找店家用餐。

我不懂一度將人甩掉的她在想什麼，但後藤小姐當下對於吉田前輩相當積極。這麼一來，我反而對前輩之前聲稱「被甩了」感到存疑。看也曉得嘛，那個人在感情方面是一頭不折不扣的大笨牛。其實他沒有被甩，卻察覺不到後藤小姐拐彎抹角表達的心意，還誤以為自己被甩，我都懷疑事情會不會是這樣了。

倘若如此，那後藤小姐當然要動真格吧。畢竟不用緊迫盯人的方式展開追求，對方就不懂。我面臨的難題也跟她一樣。

所以嘍，最近午餐時間對我來說具有相當重要的兩層意義。

第一層意義，在於能不能製造跟吉田前輩相處的時間。

而另一層意義，則是能不能避免讓後藤小姐跟吉田前輩獨處。

要滿足這兩層意義，搶在後藤小姐之前邀吉田前輩吃午飯會是必要條件。

起初我拚命開始邀他吃午飯時，跟他感情要好的橋本前輩曾一臉納悶，現在倒是顯得見怪不怪了，即使我理所當然似的跟他們一起吃飯，橋本前輩也絲毫不改臉色。

「一客中華麵套餐。」

一旁的吉田前輩將餐券交給員工餐廳的工作人員並說道。

「前輩又吃那個啊？都不會膩的耶。」

聽我這麼一說，吉田前輩瞟向我，然後哼了一聲。

「這麼說的妳還不是每次都吃烤鮭魚定食。」

這句話一針見血，使我頓時語塞。的確，我總是吃這個。略嫌烤過頭的鮭魚，搭配湯底太濃而讓味噌風味偏淡的蜆仔湯，莫名得我喜愛。

被戳中痛處的同時，我也發現自己有點高興。因為「每次」這個詞，感覺好像含有些許親密感。我們每次都一起吃午飯，我每次都吃這個，而吉田前輩看在眼裡。那肯定可以說是一個小小的特別之處。

吉田前輩、橋本前輩和我都拿到了裝著餐點的托盤，隨即就座。

橋本前輩立刻雙掌合十，開始大快朵頤，吉田前輩卻有些心不在焉。他慢手慢腳地將免洗筷拆開，緩緩地吃了起來。

我每次都想：那麼慢條斯理不會讓麵條泡軟嗎？可是催促別人用餐也說不過去，便沒有說出口。

「這麼說來，遠藤和小田切先生從今天起出差了耶。」

「對喔，從今天開始。」

橋本前輩開了話題以後，吉田前輩跟著點了幾次頭。

「要不要緊啊？岐阜實在夠遠的，就連遠藤也吃不消吧？」

「呃，那傢伙到哪裡都不成問題吧。反正他工作弄一弄就會去探訪美食。」

「對啦……肯定是那樣。」

話裡並未蘊含熱情，儘管如此，他們卻也非意興闌珊。吉田前輩和橋本前輩之間的對話，成立在絕妙的力道與節奏上。即使我不搭話，聽他們倆交談也很自在。

平時就算擱著不理，他們倆也會繼續聊下去，今天吉田前輩卻馬上就沉默不語了。他凝視裝著拉麵的碗，步調均等地夾起麵條，然後稀里呼嚕地吃了起來。當吉田前輩變成這樣時，大多不是在發呆，而是在思索些什麼。這一點是我最近才領會到的。

而且我還曉得。

他推掉出差的理由，是出在他家裡住著的那個女高中生，沙優身上。

最近他常在公司陷入沉思，我認為肯定是在思考那個女生的事。

我呢，並沒有聽吉田前輩詳細解釋過沙優的事情。倒不如說，前輩自己也沒有資訊可以多作解釋，我覺得這就是現實。「在回家路上碰巧撿到的」、「我跟她沒有做過任何虧心事」，我想起拚命解釋這些的吉田前輩。儘管每句話都令人難以置信，可是吉田前輩的目光在解釋的過程中絲毫沒有游移，因此肯定是實情吧。

在我跟吉田前輩去電影院的那一天，當晚所發生的那件事就讓我曉得，吉田前輩對沙優並沒有類似戀愛的感情。當時吉田前輩的表情與其說是戀愛的男人，不管怎麼看都更像擔心小孩的家長。

我心裡明白。

然而，會吃醋就是會吃醋。

最近我才發現……倒不如說，以往我都沒有戀愛的經驗，根本也無從發現就是了。但我認為自己屬於獨占慾強的人。

看見吉田前輩被後藤小姐帶出去吃午飯，我的內心便會躁動得不知所措。吉田前輩在我不知道的地方跟別人互動，是會讓我心懸不已的。

從這方面而言，過去我自以為他回家以後就可以安心了。理由當然是因為我知道他單身，而且獨居。

可是，如今連這項前提都受到動搖。

現在吉田前輩回到家，就會跟沙優孤男寡女地同寢共食。

即使我知道往後他們應該也不會發生什麼，但想到當中有自己沒辦法想像的吉田前輩跟其他女生起居生活，我便覺得焦慮。

猛一看，吉田前輩已經完全停止動筷了。眼看前輩目光渙散地望著拉麵碗，一動也不動，我趕在思考之前就動了嘴。

「麵要泡軟了喔，前輩。不吃的話，請分我吃一口。」

話一說完，當我心想「咦？」的時候，就順手從吉田前輩的托盤上拿起裝拉麵的碗，端到了自己這邊。我是在做什麼？

「喂。」

吉田前輩略顯困惑地叫我，狀況卻已經不容退縮。

只好硬著頭皮繼續了，我用自己的筷子夾起中華麵，稀里呼嚕地吃了起來。連我自己都覺得疑惑：為什麼就只有這種時候格外果決？

果然，麵早就吸收湯汁，泡得軟爛。用不著多咬，便自己從喉嚨溜下去了。

「這碗麵軟掉了耶，前輩。味道不太好。」

「妳擅自吃別人的東西還敢有意見啊。」

吉田前輩蹙起眉頭，從我這裡把拉麵碗端了回去，還發出狀似刻意的嘆息。

「我說妳啊。」

「咦？」

「總不會對其他人也這樣吧。」

吉田前輩的問題，一瞬間讓我愣住了。

「其他人是指誰啊？」

「其他人就是其他人啦，比如上司或同屆的同事……」

「不不不，沒有人會對上司這樣做吧。」

「我問這個就是覺得妳難保不會。」

被講成這樣好像挺過分的。

「就說我不會了嘛。」

總之，我平時又不會這麼做，更何況連我自己都不太清楚為什麼剛才要衝動做出這種事。

我回答以後，吉田前輩便帶著曖昧的表情點了頭，並且說：「那就好。」

「『那就好』是什麼意思？」

「沒事。」

吉田前輩在這時候吸了一口中華麵，閉著嘴巴咀嚼起來。把那口麵吞下去以後，他才嘀咕：

「我在想，妳要是對男性這麼做，有的人就會誤解。」

「什麼？」

吉田前輩所說的話，讓我糊里糊塗地出了聲。

他看見我的反應，又多補一句。

「呃，我是指妳做這種事，有的男人就會誤以為妳是不是對他有意思。最好注意一點。」

「噗！」

在吉田前輩旁邊的橋本前輩笑了出來。

話講到一半被打斷，使得吉田前輩貌似有些生氣地看向橋本前輩。

「怎樣啦？」

「呃，沒什麼。」

「你剛才在笑我吧。」

「我突然想到好笑的事情才笑的。」

「你肯定在騙人。有什麼話想說就直接說清楚啊。」

「不不不，沒有啦，我說真的。」

橋本前輩說是這麼說，卻還是笑得頻頻抖肩。

至於我呢，只覺得渾身乏力。

沒錯，前輩這個人就是這樣。

我應該在去電影院的那一天就深刻體會到了，不過前輩仍會像這樣定期讓我回想起來。

即使我鼓起勇氣吻這個人，是不是又會聽到「這樣也會讓男人誤以為妳對他有意思，所以要改掉」諸如此類的一頓說教，真令人擔心。你是把我當女兒還什麼來著嗎？

「吉田前輩。」

我一開口，他便停止瞪視橋本前輩，把視線轉了過來。

而我則是尖酸至極地告訴對方：

「假如有我以外的女人對吉田前輩做這種舉動，也許就是對前輩有意思，因此請前輩最好要留意。」

「噗！」

橋本前輩再次笑了出來。

「喂，你又想起好笑的事啦？」

「嗯，對啊。」

我一邊嘻嘻笑，一邊看著吉田前輩㐫橋本前輩。

老實說，後藤小姐的事，還有沙優的事，都讓我介意得不得了。

無論如何，我能做的事情都不多，我也覺得自己只能這樣做了。

況且，一如後藤小姐和吉田前輩，或是沙優和吉田前輩，他們各有彼此相處的時間，我也擁有跟他相處的時間。

能夠擅自拿吉田前輩的麵來吃的人，肯定只有我。

我吃著烤過頭而變得偏硬的鮭魚，同時心態也變得積極正向了些。

畢竟在餐廳的這段期間，我是不輸任何人的。

第4話 百匯

「哇啊……」

我不自覺冒出了聲音。

原本躺在床鋪，盯著筆記型電腦畫面的吉田先生便將視線投注過來。

「妳怎麼啦？」

「沒有，我在想這好厲害喔。」

我把手裡拿著的智慧型手機畫面轉向吉田先生那邊。見他露骨地蹙起眉頭，我嘻嘻發笑。

畫面上顯示著尺寸大得難以置信的百匯。在都心的車站附近，似乎有特大號百匯的專賣店。而我碰巧找到了那裡的網路專欄報導，打開一看，映入眼簾的就是這張照片。

大得讓人懷疑是不是直接拿小喇叭之類的前端來用的杯子裡，鋪了以鮮奶油及水果等素材組成的基底，上頭還盛著霜淇淋、鬆餅與更多鮮奶油。照片上寫著ＰＯＰ字體「廣受愛吃甜點的女生歡迎！總重量竟達5公斤！」

「5公斤……不就跟米袋一樣重了嗎！」

「啊哈哈，這樣想就覺得好誇張喔。」

吉田先生狀似困惑的感言，讓我再次冒出笑聲。

我關掉手機畫面，並把它放到桌上，目光隨即跟從床鋪凝視著我的吉田先生對上了。我能感覺到自己的心跳稍稍加快。

「怎、怎麼了嗎……？」

「呃，我說妳啊。」

我一問道，吉田先生便朝我的手機瞟了幾眼，嘀咕著：

「既然妳姑且當過女高中生……對百匯之類的玩意，有興趣嗎？」

「咦？」

吉田先生唐突的疑問，讓我發出了糊塗的聲音。

呃，以話題的走向來想，會問到「對百匯是否感興趣」或許是理所當然的，不過「既然妳當過女高中生」這句前提卻讓我覺得有些語病。

「有規定說女高中生就會喜歡百匯嗎？」

我反問。吉田先生搔了搔後頸，視線垂落地面。

「沒有啦，話倒不是那樣講……但我覺得形象滿既定的耶。好比說會在放學後到家

庭餐廳吃百匯那樣。」

「啊哈哈，那是什麼形象啊？超逗的。」

我覺得吉田先生心裡對女高中生相當有「成見」，彷彿他已經認定一般所謂「女高中生」大多會怎麼行動，而凝聚成型的概念。

「妳不喜歡吃甜的嗎？」

「喜歡啊。」

「可是我不常看妳吃耶……」

吉田先生露出了稍作思索的臉色。

糟糕──我立刻這麼想。

我曉得，當吉田先生談起這類話題而出現那種表情時，絕大多數都是他在揣測自己是否讓我過得不自在的時候。

接著，我對心想「糟糕」的自己做了反省。

吉田先生已經再三告訴我「用不著客氣」。我的個性從以前就習慣對大人客氣，要改並沒有那麼容易。然而我是被收留的人，盡可能努力順著吉田先生的意，我覺得是自己應盡的義務。

「感覺來這裡以後確實不太有機會吃到……我沒有放在心上啦。」

我一說，吉田先生便用讓人分不出是否釋懷的語氣咕噥：「這樣啊。」

隨後對話便暫時打住，吉田先生又把視線轉回去電腦那邊了。間隔了一會兒，由於打字聲「噠噠噠」地傳來，我不禁被吸引過去看他在電腦畫面輸入什麼。

「百匯　好吃　家庭餐廳」

看見他在網路瀏覽器輸入那些詞搜尋，我的嘴角自然而然地上揚。

這個人為什麼盡是在替我著想呢？

想到這一點的我隨即發現，剛來到這裡時曾經狐疑不已的問題，如今卻讓自己有些欣慰，對此我稍感困惑。

『畢竟今天放假。』

我的腦海裡靈光乍現地冒出了這句話。

『要不要試著撒嬌一下？』

好似在自我說服的這句話於腦海響起，一舉奪走了我口中的水分，卻也從背後使勁推了我一把。

「我跟你說，吉田先生。」

「嗯？」

吉田先生把視線從電腦轉向我。

只要我開口，他一定會看著我的眼睛講話。這樣的舉止也有種說不出的暖心，我很喜歡。

我的視線從吉田先生身上瞥開，轉到了桌子上。

「總覺得，看完剛才的報導……我突然想吃好久沒吃到的百匯了耶……」

我以越來越小的音量這麼說道。吉田先生眨了好幾次眼睛，隨即用手遮住了頻頻抽動的其中一邊嘴角。

「噢，這樣啊。那我們走吧。」

吉田先生只說了這些，就從床鋪起身，朝盥洗室走去。

對於有意思的事，他笑起來並不會遲疑；然而倘若事情開心到讓人忍不住竊喜，他似乎就會害羞了。剛才用手遮嘴巴的動作恐怕也是因為那樣。

他想成為我的依靠。

而我依靠他會覺得過意不去。

感覺有所難處的關係。

可是，在主動離開這裡以前，我都會跟吉田先生共同生活。總不能永遠都不與對方妥協，這我已經心知肚明。

我一邊聽著從盥洗室傳來的電動刮鬍刀聲，一邊也趕著將運動服脫掉，並把手臂穿過制服袖子。

＊

「看過剛才的照片以後……總覺得這好像不夠震撼。」

「啊哈哈，吃百匯追求的又不是震撼。」

我跟吉田先生在離車站最近的家庭餐廳，各點了一客百匯。

吉田先生點的是小份的香蕉巧克力百匯。

我點的是菜單上最大的水果百匯。

儘管我表示過自己也吃小份的就好，吉田先生卻說：「不，妳還是點大的吧。」就是聽不進去。

「呃，這看起來是不是比較小啊？跟菜單上的照片比。」

「照片刻意拍得比較大吧。總之我們快開動嘛。」

我說道。吉田先生聳了聳肩，拿起細長的湯匙。

接著，我跟吉田先生同時把百匯舀進嘴巴。

水果的清爽香氣和鮮奶油的單調甜味在口中擴散。我在嚥下去的瞬間忍不住開口：

「「好甜！」」

聲音聽起來重疊了。我急忙抬起臉孔，發現吉田先生也皺起眉頭望著我這邊。

「噗！」

我們倆隨即同時發出噗嗤聲，接著哈哈大笑。

「居然不是先讚嘆好吃，而是脫口而出『好甜』啊。」

「誰教味道這麼甜。」

笑了一陣後，我又舀起一口百匯送進嘴裡。

雖然第一口比想像中甜，讓我嚇了一跳，不過那種甜度再吃第二口就變得莫名順口了。

吉田先生也把香蕉從百匯拔起來，大口大口地吃著。

「我想到一件事。」

吉田先生喃喃地開了口。彷彿在回憶往事的他凝望著某處，繼續說道：

「在至今為止的人生當中，我或許是首度跟ＪＫ一起吃百匯。」

因為吉田先生用相當嚴肅的臉色講這種話，我又忍俊不住。

「喂，妳為什麼要笑？」

「不是啦，有沒有跟ＪＫ一起吃過百匯，根本不重要吧？」

「要說的話，是那樣沒錯啦……」

吉田先生胡亂抓了抓頭髮，嘴唇略顯噘起地嘀咕：

「我讀高中時，可沒有那種緣分能跟女生一起去家庭餐廳。」

「呼嗯。」

我稍微想像了吉田先生就讀高中時的模樣，然後擅自斷定：恐怕跟現在差不多吧。

同時，我的心裡冒出了一項疑問。

不曉得他讀高中時有沒有跟誰交往過？

「吉田先生。」

我幾乎是在思索的同時開了口，差點拋出那個問題。

「嗯？」

跟吉田先生四目相交後，我突然有些遲疑，急忙將視線轉開。

無論吉田先生高中時有沒有交過女朋友，都跟我沒關係吧？我不明白自己為什麼會想問這種事，還對自己忍不住稍微湧現「希望沒有」的念頭感到困惑。

我的視線亂飄，隨即佇留在吉田先生的嘴邊。

「沾到奶油了。」

「咦？」

我一指向吉田先生嘴邊，他便急忙用拇指擦掉奶油。

「真的耶。謝啦。」

「哪裡哪裡。」

見我聳了聳肩，吉田先生有些難為情似的又吃了一口百匯。

我也跟著把百匯送進嘴裡，一邊任由甜味在口中肆虐，一邊把剛才的疑問藏進心裡。

相對地——

「我也是。」

我嘀咕道。

「跟男人一起出來吃百匯，我也是第一次喔。」

話剛說完，吉田先生便露出了呆愣的表情，接著又悄悄地用手遮住嘴邊。

「這樣啊。」

吉田先生點點頭，裝模作樣地吸起鼻子。

我不禁覺得他這副模樣莫名可愛，於是笑吟吟地揚起嘴角，繼續追擊。

「你高興嗎？」

「又沒有什麼好高興的。」

「騙人，你剛才有微微地賊笑。」

「我才沒有賊笑！」

我哈哈大笑，然後又吃了一口。

啊，原來百匯是這麼好吃的東西啊，我心想。

看吉田先生隱約散發出慵懶氣息，卻又帶著有些炯亮的眼睛大口吃百匯，我總覺得心房裡暖了起來。

第5話 洗衣

「呼嗯～真是靈巧耶。」

見我把洗完的衣服一件件摺起來，在旁邊翻開參考書的麻美便嘀咕了一句。

「咦？」

「沙優妹仔，妳摺衣服又快又漂亮耶，會不會太扯了？」

「咦，會嗎？這樣算普通吧。」

我偏過頭。麻美搔了搔腦袋以後，也跟著偏頭。

「我看妳煮飯或忙其他家務，總覺得妳做家事的速度超越了ＪＫ的境界。」

由於麻美提到這一點，我不由得將視線落在手邊洗好的衣物。

「呃，住在家裡的時候，滿多家事都是由我來做，我想大概也有關係。」

「哦～妳滿認真的嘛。」

麻美似乎是因為跟我講話而不能專心，於是便在參考書翻開的那一頁貼上便條，然後把書闔上。

「我啊，一次都沒有洗過衣服耶。」

「咦？一次都沒有？」

「對，一次都沒有。」

麻美狀似毫不在意地點頭，還指了指我摺好疊起來放在旁邊的衣物。

「像那些家務，我們家都是請幫傭在做。」

「喔～……幫傭。」

「對，幫傭。每兩天會來一次我家，把家裡打掃得乾乾淨淨，洗完衣服就回去。」

「我曉得有那種行業，卻沒想到有朝一日會從朋友的口中聽見呢。」

聽到我坦然說出感想，麻美被逗樂了似的哈哈大笑。

「我讀的學校有滿多同學來自富裕的家庭，卻還是不常聽見有誰家裡請了幫傭。哎，雖然這也不代表什麼啦。」

麻美露出苦笑這麼告訴我，並指著我一邊聽她講話，一邊幾乎是在無意識之間拉到手邊的吉田先生的睡衣T恤。

「所以說嘍，妳讓我試一下唄。」

「咦？試什麼？」

我反問。麻美貌似刻意地對我板起臉孔，又一次指向T恤。

「我是說，我想嘗試摺衣服啦。」

「咦，妳要摺嗎？」

「沒錯沒錯。」

麻美說著，從我手邊一把抓起吉田先生的T恤，並且擺到自己腿上。接著，她咧嘴露出笑容。

「即使妳說沒有做過，這好像也不是值得特地一試的事耶。」

「既然我說想試，妳就讓我試嘛？來，告訴我要怎麼摺才對哩？」

麻美無視於傻眼的我，顯得躍躍欲試。

不過，她好像真的不懂要怎麼做，揪著T恤的衣襬朝我投注目光。那種燦爛的眼神讓我不由得感到無力，同時也笑了出來。

「呃，妳幹嘛笑啊？」

「沒有啊～……嗯，首先妳拿的方向反了，有領子的那邊對著地板，並且攤平。」

「了解。」

「然後呢，將兩邊袖管朝衣身的方向摺。」

「衣、衣身是指哪裡？」

我仔細地將摺法教給生手生腳的麻美。

麻美每完成一個步驟，就會以燦爛的笑容對著我，彷彿在問：「摺得怎麼樣？」跟平時聒噪卻又散發成熟氣息的她有些不同，感覺很新鮮。

「摺好了！」

「摺好了耶。」

「那邊的也可以給我摺嗎？」

「反而好像是我要謝謝妳幫忙喔。」

我把幾件T恤交給麻美。這次她沒有徵求我的指示，自己摺起衣服了。看她這樣，我再度感覺到自己笑逐顏開。

麻美完全忘記辣妹的用詞，還全心投入於幫我摺洗好的衣物。她那套辣妹用詞恐怕並沒有熟到骨子裡吧。我猜麻美本人毫無自覺，不過當她認真起來，或專注於某件事時，講話就會變回一般的語氣。

「摺好了！完不完美？」

「完美，完美。」

麻美輕靈拿起摺得整整齊齊的T恤，臉上笑咪咪的。見我對她的成果連連點頭，麻美狀似滿意地把T恤擺到地板上，又拿了其他T恤開始摺。

我一邊顧著她，一邊將事先啟動加水預熱的熨斗和襯衫放上燙衣板，接著緩緩用熨斗燙起襯衫。

T恤交給麻美，襯衫則有我處理，我們就這樣分工合作，清洗過的衣物很快便收拾完畢了。

「謝嘍，妳幫了大忙。」

「沒有啦，我才覺得盡興呢。」

麻美滿足似的吁了氣，然後抿唇一笑。

「人家第一次幫忙做家務。沙優老師，這樣可以打幾分哩！」

「嗯～滿分100分的話……可以得100分呢。」

「滿分耶，太扯了。我果然有天分。」

麻美點頭的表情實在太滿足，因此我忍不住笑了出來。

「幹嘛取笑我啊？」

「沒有……因為我第一次看到有人摺衣服這麼開心。」

「嘗試沒做過的事很開心唄。雖然我說不定做個幾次就會膩。」

話說到這裡，麻美在客廳的地板躺了下來，接著放輕語氣繼續告訴我：

「打工也是啊。我沒什麼必要做那份工作。」

「啊……說得也對。」

即使含蓄來講，麻美家裡仍算有錢人。就讀高中的麻美既沒有非打工不可的理由，跟家裡要的話也一定拿得到零用錢。

「但是，明明我都不聽父母的話，又把頭髮顏色染成這樣，還在家裡耍叛逆，要是只會跟他們討零用錢的話不就太誇張了嗎？」

麻美說到這裡就自嘲似的笑了。

「唉……畢竟學雜費之類都是父母幫我出的，賺點零用錢就覺得自己有出息，其實也說不過去啦。」

「沒那種事喔。」

我不禁開口。依然躺著的麻美就把視線轉向我。彷彿受那道視線催促，我繼續講下去：

「我呢，跟父母感情並不好，卻還是會跟他們拿零用錢。就像現在，或是至今以來，我都是不甘不願地只做那些無論如何都避不了的事。所以，妳肯主動去承擔那些不做也可以的事情，我覺得很厲害耶。」

我講的這些話讓麻美的臉色黯淡了一瞬。然而她立刻挑起眉，露出微笑。

「謝嘍。可是事情跟妳想的有點不同……唷咻。」

話說完以後，麻美奮力撐起上半身。

「到頭來，我只是想做自己願意做的事。」

麻美從上頭拍了拍摺好疊起來的T恤，接著說道：

「與其跟父母拿錢玩樂，我只是更想用自己賺的錢出來玩。」

接著，她俏皮地當著我面前吐了吐舌。

「……這樣啊。」

連我都看得出來，其實麻美的理由應該不只如此。但在這個時候把事情點破是很不識趣的。

麻美果真既堅強又正直。

「那妳接下來要不要嘗試用洗衣機？」

「真假！我要試我要試！」

對於我的提議，麻美急匆匆地表示感興趣。她那副模樣又讓我笑了出來。

「下次洗衣服是在兩天以後～」

「說好兩天後嘍！到時我絕對會來。妳自己先洗掉的話我可會生氣喔。」

「好好好，妳來之前我都不洗。」

雖然說，我本來就沒有多排斥洗衣服。

「哎，樂子變多了耶。」

「我也會跟吉田先生說這些衣服是妳摺的喔。」

「之後妳再告訴我吉田仔有什麼反應。」

看著麻美樂得露出笑容的模樣……

我覺得自己似乎對洗衣服這件事更有好感了。

第6話 烹飪

「果然還是會希望對方能抓住我的胃呢。女朋友肯為我下廚，光是那樣的情境就夠令人開心了。假如還發現對方煮得一手好菜……那簡直……你懂吧？」

「啊哈哈，會讓人神魂顛倒？」

「我就是抗拒不了那樣的女性。」

電視裡，近期當紅的帥氣影星正談論著自己對女朋友有哪些要求。再加上攝影棚內「啊啊～」「呀～」地在他開口閉口間穿插的做作尖叫聲，讓我覺得有些肉麻。

「下廚……下廚是嗎？」

我把從進口食品店買來的煙燻起司放進嘴裡，細細地咀嚼起來。趁著起司的風味尚未從嘴裡褪去，再仰頭暢飲果香強烈的罐裝愛爾啤酒。

「……嗯嗯嗯。」

大白天就喝酒，配起下酒菜也不用顧忌他人目光，這是放假的幸福。

懶洋洋的聲音從喉嚨裡冒了出來。

質地輕盈的七分褲、貼身背心、上頭多加一件尺寸寬鬆的T恤，安坐於自己鍾愛的沙發。

我像爛泥一樣軟趴趴地放鬆力氣，並且朝電視螢幕投注目光。

「各種菜色當中，要煮什麼樣的菜才會深得你心呢？」

主持節目的人氣女主播笑容可掬地問了剛才作出「胃袋發言」的影星。

「根本不用做什麼特殊的菜色，荷包蛋、味噌湯……這類家常菜比較合我喜好。該說是有著家庭的溫暖吧。」

「原來如此……！」

演員所做的回答，讓主播大動作地點了好幾次頭。

「家常菜……家常菜是嗎？」

我冒出了與幾分鐘前措辭類似的自言自語，因而自個兒苦笑起來。

明明目光投注於電視，卻漸漸聽不進電視的聲音，影像的內容也不太能吸收到腦子裡頭。

我的腦海裡浮現了吉田的臉。

原本我以為吉田都一個人住。而他聲稱自己目前其實是跟一個名叫沙優的女高中生過著兩人同居的生活。

而且，據說那個叫沙優的女生每天都會為他煮飯。

「後藤小姐，妳給人廚藝高竿的印象呢。」

我想起曾幾何時，公司的同屆員工這麼對我說過。

「哎呀，高不高竿不好說。普普通通啦，普普通通。」

我還記得自己是這麼回答的。

一邊回想那些，一邊就能感覺到眉心多了分凝重。

其實呢，「普普通通」是句天大的謊話。坦白講，我這幾年以來幾乎都沒有下廚，因為感受不到必要性。

我參與了新興企業的成立，無論從年齡或性別來想，如今我這個職位應該是換成其他企業便無法爭取到的，在收入方面也比較優渥。

用不著親自下廚，車站前就有店家能提供手藝比我更好的餐點，沒心情外食的日子也可以到超市或別處買現成的菜回家，自己用電鍋煮個飯就行。

說來說去，自從離開老家以後，我既沒有自己煮過菜餚，更不曾讓別人為我下廚，過的生活當然就跟親手做的飯菜緣分淺薄了。

前陣子，我跟吉田去吃晚飯時，曾經抱著調侃的念頭問他：「跟沙優做的飯菜相比，哪一邊比較好吃？」

「哎……兩、兩邊都好吃啊。」

我本來只是想看他被問倒的窘樣，他的答覆卻比想像中更令我動搖。

那天是要慶祝他手上的專案已經向當時最大宗的客戶完成交件，我們到了比平時高檔一點的餐廳吃晚飯。明明如此，吉田卻說沙優做的飯菜跟那一樣好吃。

我很清楚，他不是有口無心的那種人。

「畢竟男人聽到是親手做的就招架不住啦。」

「咦～有這種事啊！」

彷彿算準了時機，從電視冒出「親手做的」這種字眼，又把我的心思拉回電視節目上面。

接著，我立刻嫌蠢而嘆了口氣。

用遙控器關掉電視以後，我沉沉地在沙發上重新坐穩。

「……目前看來……」

腦內的思緒喃喃地脫口而出。一旦在家裡獨處，自言自語就會變多，這實在不好。

「吉田的胃袋算是讓沙優抓住了嗎……」

她是吉田呵護過了頭的女生。

更是無論何時……愛上吉田都不奇怪的女生。

想到這裡，我忽然變得坐立不安。

我一從沙發上奮力起身，乳房便沉甸甸地強調其重量。

「唉～……真想把這摘掉。」

嘀咕著的我搖搖晃晃地走向廚房，打開冰箱，發現中間那層有盒裝的雞蛋。

之所以少一顆，是因為在上次外帶回來的牛丼打了生蛋拌著吃，相當美味。

「荷包蛋……」

我拿出一顆蛋，沉默地嘀咕。

就算幾年來都沒有下廚，荷包蛋起碼還煎得好吧。

我一邊這麼想，一邊翻出了久違的平底鍋，並放上瓦斯爐。

＊

「不會吧……」

我在瓦斯爐前陷入愕然。

沒有蛋了。

明明不下廚，卻專門為了替牛丼加料而買的盒裝雞蛋。在牛丼店也可以請店員加蛋，我卻在離開店面以後才想到，便專程到超市買了盒裝雞蛋。四顆裝的蛋不知為何只剩下名牌貨色，在四顆裝與十顆裝的價格只差30圓的狀況下，我也不曉得是否能用完，就買了十顆裝的盒裝雞蛋。用了一顆配牛丼，原本還剩下九顆的盒裝雞蛋。

那九顆，剛才全用完了。

「荷、荷包蛋有這麼難煎嗎……？」

我還以為這算基本的菜色，試著要煎才發現相當困難。

用強火一下子就會讓背面焦得黑漆漆，用慢火反而煎再久都沒有辦法讓蛋白凝固，等蛋白熟透以後，蛋黃便已經硬得口感乾巴巴了。要是搞錯加水的時機，表面就會全是小氣泡而有礙觀瞻，花太多工夫抓時機則讓背面再次烤焦了。

試來試去重煎了好幾次，一回神才發現蛋已經用光。

煎出來的失敗品捨不得丟，都堆在盤子上，洩氣的我捏起一片荷包蛋，慢條斯理地放進了嘴裡。

「嗯……」

光咬下蛋白，就已經覺得不好吃。

口感缺乏彈性，卻又無法輕易咬斷，黏黏糊糊的像是含著熱水嚼口香糖一樣。

「這樣子，連要掌握胃袋都不用談了嘛……」

獨自埋怨的我，直接一屁股坐到了廚房地板上。

明明長年以來，我都認為根本沒有必要自己下廚的。

「啊哈哈……」

無力的笑聲冒了出來。

沒想到有朝一日居然會在這方面感受到下廚的必要性。

「知道啦，我知道了啦。」

我幾近自暴自棄地嘀咕。

「關鍵在於這也可以運用處理問題的要領。」

工作就是接連不斷地處理問題，倒不如說有八成的時間都是如此。出社會以後，這套過程已經重覆到令我厭倦的地步了。

「怕你不成。」

話說完，我奮力起身，乳房又彈跳似的強調其重量。我想把這摘掉，問題急切。

「既然已經抓住了他的心，接著就是抓住他的胃，一步一步來。」

嘀咕以後，我又看向盤子上的荷包蛋失敗品。

「否則——」

我感到心頭一揪。

「我這個選項……要不了多久就會被剔除在外。」

話一說出口，內心便覺得苦澀，隨後力氣就湧了上來。

「怕你不成。」

我再一次說道，然後大口吃起了荷包蛋。

嚼了又嚼，嚼了再嚼，把那吞進肚裡。

「……真難吃。」

焦掉的苦味，還有糟糕過頭的口感，讓我冒出苦痛的埋怨聲。

我的廚藝訓練起步得太晚，前途多災多難。

第7話 打掃

假日。

拉上窗簾的房間裡，只有我花了一筆不算小的錢買下來的薄型大尺寸電視的畫面正在燦然發光。

「男人就是不懂打掃的生物啦。」

男主角怒氣畢露地對女主角說道。

「妳別對男人抱有幻想。清醒過來吧。」

不不不，哪有什麼幻不幻想，事情單純是男人房間髒會讓人覺得失望嘛。這男主角在惱羞個什麼勁？

我喝了一口倒在杯子的可樂，喉嚨便感到刺痛，彷彿要黏在舌底的甜味隨即沾了上來。碳酸的強烈刺激，以及口感虛假的甜味，我都不怎麼討厭。

這是齣喜劇調性，描寫男女雙方歧異失和的電影。乾脆而俐落的笑點似乎跟主演男星的搞笑演技搭得正好，觀賞起來心情並不會太沉重。

只是，由於過度重視輕鬆詼諧，不時會讓我懷疑「在這個情況講得出那種話？」而冒出一絲異樣感。

以結果而言——

「唉，水準平平。」

片尾播完以後，我自然地脫口而出這樣的感想。

「幸好沒去電影院看。」

我從放映機裡取出藍光光碟，微微地嘆氣。

「男人是不懂打掃的生物……」

電影裡的台詞從我嘴裡冒了出來。

女主角第一次來到男主角房間，點出他房間有多骯髒還破口大罵以後，壞了心情的男主角這麼告訴對方。

無心地把那句台詞低聲講出來的我，想起自己跟吉田前輩在公司的互動。

「三島，妳分配業務優先順序的方式簡直亂七八糟，不懂得把腦子整理好就會像妳這樣。」

「話是這麼說，吉田前輩你自己也沒把辦公桌整理好耶。」

「啥？妳別跟我轉換話題。」

吉田前輩板起臉孔，旁邊則有橋本先生噗嗤偷笑。明明算不上多重要的對話內容，我的印象卻莫名深刻。

該怎麼說呢……吉田前輩的辦公桌東西理應不算多，看起來卻不太整齊。

當事者所需物品都擺在所需位置的辦公桌，即使在他人眼裡也會顯得整齊。比如橋本先生和後藤小姐他們的辦公桌就給我那種感覺。

除了電腦以外，吉田前輩辦公桌上的所有東西都是隨便亂放。我想那應該沒有特殊的意義，全是他不經意之間就擺成那樣了。

在我看來，會覺得他在那麼亂的桌子上還可以那樣眼明手快地工作，是很不可思議的。

由此可見，吉田前輩的房間也不會多整齊，我心想。

「啊。」

思索到這裡，我想起沙優的存在。

差點忘了。之前我曾聽說過，目前吉田前輩家的家事都是由沙優包辦。

照吉田前輩的說法，她每天會幫忙煮早晚餐，衣服都是兩天洗一次，至於打掃則是天天都會做。非常勤快。

「哎，要是能住在喜歡的人家裡，那點事我也會做。」

自然而然地如此嘀咕以後，心想這是在對抗什麼的我覺得自己真傻，於是發出嘆息。

吉田前輩的家。

有沙優跟他住在一起，後藤小姐也去過，唯獨我不曉得的家。

具體敘述後，實在相當令人火大。

雖然不知道以後會不會去，但如果有機會去，我絕對要檢查他的房間整不整齊。

「不對……反過來想。」

我深深地吸了口氣。

與其由我去吉田前輩的家，感覺把吉田前輩叫來我家會不會比較實際？

說來倒也理所當然，就算我跑去有沙優在的吉田前輩家裡，依舊無法跟前輩獨處。

我把原本拉上的窗簾一口氣拉開。

時間正好過了中午。無情的陽光撕開房內的黑暗闖進來，使我瞇細眼睛。接著，我環顧房間內，試著輕輕地跳了兩下。

再次瞇眼望去，在射進房裡的陽光照耀下，看得見飄揚的灰塵微粒。

「上星期沒用吸塵器……差不多要積灰塵了呢。」

嘀咕完，我立刻打開房間的窗戶。

「吸塵器！」

略微大聲地講完以後，我興沖沖踏出沉穩的腳步去拿吸塵器。

選日不如撞日。

來做個徹底的打掃吧。

我氣勢洶洶地把房裡所有算得上地板的部分用吸塵器吸過，吸塵器吸不到的狹窄縫隙則用除塵紙拖把伸進去清理，再以濕抹布擦完所有桌子，把原本隨便擺的各種雜物都收到了定位。

「好。」

我本來就不屬於會把房間弄得多髒的類型，不過埋首打掃幾個小時以後，房裡乾淨到幾乎讓人認不出來。

「這樣就沒話說了吧。」

如此嘀咕以後，我自顧自地點頭稱是。

假設我把吉田前輩叫來這間屋子。

我茫然地試著妄想。

在玄關脫掉鞋子，走進家裡的吉田前輩，會左右張望地將房裡看一圈。

「沒想到妳打掃得這麼乾淨。」

「是吧是吧。有沒有對我刮目相看？」

「唉，稍微啦。」

妄想到這裡，我有些笑逐顏開。

「…………不對，這倒難說。」

隨後，笑逐顏開的我又變回原樣。

吉田前輩的台詞本身夠寫實。「唉，稍微啦。」這種話超像他會講的。

但是——

「……前提有毛病。」

我感覺到原本略微雀躍的心情頓時冷掉。

吉田前輩來到別人房裡，才不可能一開口就講出那種中聽的誇獎詞。

感覺要我主動問：「房裡還滿乾淨的吧，對不對？」他才會注意房裡有多整潔。

不，肯定是這樣沒錯。

基本上，吉田前輩會來我的房間嗎？不，他不會來。

既然吉田前輩說他家裡沒有電視，邀他來家裡的切入點想必就是「我有片ＤＶＤ想要跟前輩一起看……」

不過，即使我試著那樣開口。

「難道除了我以外沒別人能邀嗎？」

「噗。」

我獨自想像吉田前輩滿不在乎地那樣回話，便因為太逼真而噗嗤笑了出來。

「感覺他肯定會那樣說。」

喃喃自語的我發出了嘆息。

「吉田前輩，我會邀的就只有你啦……」

如此補充以後，我又深深地嘆了口氣。

再次將目光一轉，變得格外乾淨的房間便映入眼底。

明明花了好幾個小時打掃乾淨，如今豈止是毫無感慨，甚至還覺得有些失落。

忽然間，我想起幾小時前看的電影，於是這句話自然就脫口而出了。

「妳別對吉田前輩抱有幻想。」

說出口以後，我只覺得好笑。

「清醒過來吧。」

補上這句話的我獨自嘻嘻笑了起來。

「唉～……去買個甜的東西好了。」

我從整理乾淨的桌上拿起錢包，走向玄關。

愛上遲鈍的男人實在勞心。

況且在假日想起那個遲鈍的男人，心情還會跟著起伏不定時，我想自己就已經是個夠遺憾的人了。

我穿上在鄰近走動用的涼鞋，隨即離開家裡。

「就算賭一口氣也要邀他來家裡。」

下咒似的這麼嘀咕以後，再「啪」地帶上玄關的門。

我自顧自地微微吐了吐舌頭。

第8話 湯頭

下班回家後，飄來了一股味噌湯的香味。

「歡迎回來。」

沙優從客廳探出臉孔，微微地朝我這邊揮手。

「我回來了。」

我跟著這麼回話，脫了鞋子。

「準備好可以開飯嘍。」

「噢，謝謝妳。」

客廳已經擺了張桌子，上頭放著飯菜。

最近我每天回到家，都是這幅情景。

離開公司，發送「我現在回去」的簡訊以後，沙優似乎就能完全掌握我到家所需的時間，因此一回來便有準備好的晚餐可吃。

從沙優來這個家已過了一段時間，這陣子我們對彼此的存在已經不會感覺有哪裡不自然。即使如此，我仍覺得雙方的適應力似乎太高。

反正這件事本身應該不算壞事。

我在洗臉台洗了手，迅速將西裝換成家居服，然後到餐桌就位。間隔不久，沙優也坐到餐桌前面。

「開動。」

一如往常，我們倆雙手合十，接著才開飯。

我比自己想的還要習慣跟沙優兩個人一起生活，心境上固然難以言喻，有種暖暖的溫馨感卻也是事實。

能跟人一塊吃飯是愜意的。

「……嗯？」

當我啜飲味噌湯時，察覺味道好像跟平時有些差異，不禁發出納悶的聲音。

在桌子對面用餐的沙優「咦？」地微微偏頭看了過來，我便決定將自己的感受直接告訴她。

「呃，今天的味噌湯感覺味道好像跟平常不同……」

我說道。而沙優不知怎地露出狀似有些欣慰的臉色，然後點了幾次頭。

「今天我煮的呢，有加了一點點『柴魚湯頭』。」

西。

「柴魚湯頭。」

聽是聽過，我卻沒有在自己下廚時用過，更進一步地說，甚至沒有買過那樣的東西。

「應該說，我並不是只有今天才加的喔。」

「咦，這樣啊？」

看到我的反應，沙優嘻嘻笑了笑，又再次點頭。

「我在想你什麼時候會發現，於是一點一點地增加了用量。」

「怎麼搞得像在實驗一樣？」

「如何？美不美味？」

沙優無視於我的質疑，如此問道。

要問美不美味，答案是肯定的。倒不如說，我正是因為覺得美味才會發現。

思考至此，我總算領會了沙優的用意。

「……妳這麼做，該不會是在摸索我對調味的喜好？」

我一問，沙優便遲疑了片刻，接著點頭。

「我覺得能吃出味道差異的用量，大概就是你最喜歡的調味……」

沙優略顯靦腆地這麼說，我也不由得跟著害臊起來，默默地啜飲了味噌湯。這果然

好喝。

像我小時候，就不會對父母端出來的飯菜多想那是怎麼調味的，開始獨居後也幾乎沒有自炊過。坦白講，我對烹飪是一竅不通。

「我還以為煮味噌湯，只要讓味噌在熱水裡溶化就完成了。」

我說完，沙優便笑了笑，「光那樣也很美味就是了。」她如此回答。

「但是多下一道工夫，就會更美味喔。」

沙優說完，又啜飲了一口味噌湯。

接著，她嘀咕道：

「……畢竟我能做的只有這點事。」

「嗯？妳說什麼？」

我反問以後，沙優就緩緩擱下筷子，將目光落在餐桌上。

「呃，沒什麼。吉田先生讓我留在這個家，又對我這麼好……相對地，我能回報的頂多只有把飯菜煮得好吃……我覺得啦。」

聽了她的話，我一時間想不出要怎麼回話。

這女孩一向堅強，又始終尋找著本身的存在價值……而且，她對自己的評價偏低。

「是說啊……」

我還沒想到要說什麼就開了口，因為我覺得非得講些話才行。

「那個，怎麼說好呢……」

我搔搔後腦杓，跟著也將目光落在餐桌上。

在我對面有沙優坐著。她看著我這邊，正在等我講話。

手邊有白米、配菜和味噌湯。

「妳提到了『只有這點事』……可是這些東西，幾乎都是我一個人生活就難以取得的啊。」

我坦率地把心裡浮現的話語說了出口。

「我一直很感激妳，真的。」

我說道。沙優半張著嘴，愣了半晌後，才好像慢慢聽懂我話裡的意思，身體不安分地動來動去。

接著，她有些難為情似的笑了笑，並且點頭。

「這樣的話……那就好。」

聽到沙優這麼說，我也稍微安了心。

「菜會冷掉，我們開動吧。」

我說道。而沙優點頭如搗蒜，重新拿起筷子。

我瞥向再度開始用餐的她，微微吐了氣。

沙優對我的幫助比她所想的更多。她肯定不了解我有多感謝她。

有沙優在的這個家十分舒適，是我「希望回來的地方」。

我希望這個家對她來說也是如此。

我又啜飲溫度涼了一點的味噌湯。

「嗯……這果然好喝。」

見我點頭，沙優開心地笑了。

「那我下次也照這個口味煮喔。」

她說道。

第9話 針織衫

「呼啊。」

早餐吃到一半，沙優突然發出了迷糊的聲音，因此我訝異地看向沙優那邊，旋即發現她的臉跟聲音一個樣，迷迷糊糊。

接著，她在下個瞬間急忙擱下筷子，將雙掌湊到臉的前面。

「哈啾！」

是個噴嚏。

原來是要打噴嚏啊，我心想。而我把味噌湯的碗重新拿到手上以後，沙優的肩膀再次抖了一下。

「哈啾！……呼……………哈啾！」

「喂喂喂，妳還好吧？」

我拿了橫放在旁邊的面紙盒，遞給反覆打了好幾個噴嚏的沙優。

「抱歉……謝謝。」

沙優抽出幾張面紙，擤了擤鼻涕。

「唔～……」

聲音欲振乏力的她把面紙扔進垃圾桶。

我不常看見沙優打噴嚏，因此有點擔心。

「妳會冷嗎？」

「嗯～……感覺並沒有那麼冷就是了，難道會嗎？」

「加件衣服啊。」

我在沙優剛來時買了吸汗衫給她當睡衣，由於夏天穿嫌太熱，夏季期間就另外買了T恤和短褲給她，現在沙優正是穿著那套服裝吃早餐。然而在夏天即將結束的這個季節，穿了或許還是有點冷。

「有我起初買給妳的吸汗衫吧？」

我說道，沙優便露出苦笑。

「今天早上，我正好覺得差不多可以穿了，於是拿去洗了耶。」

「啊？這樣啊……」

經她一說，我看向陽台，沙優的吸汗衫確實晾在那裡。

沙優用完洗衣機只過了幾個小時。質地厚的吸汗衫難免還沒乾吧。

上身。

除了那件吸汗衫之外，都是買來夏天穿的衣物，沙優似乎沒有別的衣服能夠立刻披上身。

「嗯～……」

我擱下筷子起身，然後打開衣櫃。

儘管心想只要找件適合外搭的上衣就好，但我本來就屬於不會花心思打扮的人，並沒有那種「可以外搭湊合一下」的衣物。

居家期間有空調能調節室內溫度，無論夏天或冬天都可以穿件襯衫度日，放假外出頂多只會去便利商店或超市，去那種地方的話，我都是在襯衫外面加一件厚上衣就出門了。平日自然更不用說，出門一律穿西裝。

我一邊找衣服，一邊想起自己的生活過得有多麼索然無味而難過。

「哦？」

找著找著便逐漸失去希望。然而我還是一件一件地審視衣櫥裡的貨色，終於找出一件似乎合用的衣服了。

「這是針織衫吧。」

翻出來從衣架取下以後，我發現那是件黑色針織衫。

不過，拿到手裡一看，仍舊有種奇妙的異樣感。

我沒印象自己買過這件衣服。老實說，這並不符我的喜好，連買來要怎麼穿搭都搞不懂。說起來頂多只適合配襯衫，可是我不曾穿這種針織衫去上班。

而且我最在意的一點是尺寸明顯偏小，我穿的話顯然會讓肩膀突出來。

……卻獨具既視感。

心裡固然覺得不可思議，但我轉念一想，現在這些並不重要。

即使對我來說嫌小，沙優穿得下就沒問題。

「妳先把這穿上去吧。」

我回到餐桌，將針織衫遞給沙優。沙優把它攤開來仔細端詳。

「……總覺得這不像吉田先生的衣服呢。」

「就是啊。我並沒有買過那件衣服的印象。哎，對妳來說應該不會偏小，先披著吧。」

「嗯，謝謝。」

沙優一顆顆地解開針織衫的釦子，然後將手臂緩緩穿過袖口。

「……」

沙優穿上針織衫以後，總覺得尺寸格外合身，更使我內心湧上了異樣感，以及奇妙的既視感。

這種感覺是怎麼回事？

沙優沒有扣起前面的釦子，還將雙手伸開，低頭看著自己的上半身。

「總覺得大小比我想的還要合身。這是不是女用服飾的尺寸？」

「咦？」

「吉田先生穿這件會太小啊。」

沙優這麼說完，突然嗅了嗅針織衫上的味道，接著馬上蹙起眉頭。

面對板著臉孔看過來的沙優，我偏頭感到不解。

「嗯？」

「吉田先生……這件針織衫。」

「聞起來有味道？」

「呃，並不是那樣。」

沙優不自然地左右張望以後，才告訴我：

「總覺得上面有股不屬於吉田先生的味道。」

「啥？」

沙優突如其來的發言，使我應聲時忍不住衝了點。看到我的反應，她急忙往旁邊揮揮手說：

「不是的我聞習慣吉田先生的味道了這倒不是問題的重點畢竟同處一個空間總會認得出彼此的味道啊像吉田先生對我的味道也稍微能分辨吧？」

「呃，抱歉抱歉，我沒有要責備妳，妳不用那麼急著辯解。」

我大致可以理解她想表達什麼。明明我用的也是同一款洗髮精，有時候從沙優身上傳來的味道卻讓我覺得特別香，她說的恐怕與我在這方面的感受相同。

「吉田先生，你有換過洗衣精嗎？」

「不，沒有耶。我一直都用同樣的。」

「我想也是。那麼，這上面果然有不同的味道。這件衣服不是吉田先生的吧。」

「呃，話雖如此，我家怎麼可能會有我以外的衣……」

說到這裡，我的腦袋頓時觸電似的靈光一閃。

因為沙優捲起略長的衣袖，聞著味道的畫面，跟我過去的記憶重疊了。

對……我想起來了。

在我察覺的瞬間，心裡同時出現了「為什麼還留著呢？」與「為什麼會忘掉呢？」的念頭。

「……咦，你怎麼了嗎？」

沙優的表情突然蒙上陰影。

「咦？什麼叫我怎麼了？」

「總覺得你忽然色瞇瞇的。」

她的眼神變得沒好氣。

糟糕——當我如此心想時已經遲了，因為我很容易把想法寫在臉上。

「怎樣，這件衣服是誰的嘛。你想起來了對吧？」

「呃，這個……」

只有那麼一次，我跟含橋本在內的幾個同事喝酒時，曾經讓他們直接留下來過夜。當時有個跟我交情相當好的女同事也來湊熱鬧，她在酒酣耳熱時脫下那件針織衫，後來擱著忘記就走了。

我老想著要找機會還她，卻一忘再忘，連要還衣服這事都忘了。而那個同事後來被調到了別間分公司。

於是乎，針織衫無法物歸原主，我也捨不得丟，就一直收在衣櫥裡。

在公司裡公認形象嬌柔的她，總是穿著袖子略長的針織衫。如今那模樣跟沙優重疊在一塊。

「沒有啦……滿久以前，我曾經把同事找來家裡。」

我跟沙優解釋緣由。直到剛才都一臉平靜的她表情變得越來越不悅。

「喔……表示你一直珍惜地收著以前跟自己感情要好的女生留下來的衣服嘍。」

「雖然沒錯，可是妳的講法好像會引起誤解。」

「所以說，你偶爾會把這件衣服拿出來聞味道嘍。」

「我才沒有！」

「還裝出一副『直到剛才都忘記了』的臉。」

「我是真的忘記有這件事啦！」

面對我的辯解，沙優仍然以沒好氣的眼神回應。

「可見對方長得很可愛呢，我說那個同事。」

「啥？我沒提到那一點吧。」

「誰教你一臉色瞇瞇的。你喜歡過她，對不對？」

「不不不，我從當時就喜歡後藤小姐了。」

「呼嗯～明明喜歡後藤小姐，卻還讓其他女人來家裡啊，真沒節操。」

「要說這個……」

妳還不是一樣——話講到一半，我打住了。

不，這女孩只是個女高中生。

沙優似乎也明白我的弦外之音，臉於是變得有點紅，還狀似刻意地清了清嗓。

「好、好吧，過去的事情不跟你計較。」

「妳講話為什麼高高在上？」

「總、總之這件衣服已經沒辦法還給原主了吧？」

「畢竟我也不曉得聯絡方式……除非有什麼離奇的狀況，否則我想是還不了。」

我說完，沙優便用難以言喻的表情點了幾次頭，然後細聲嘀咕：

「那……這件衣服由我來穿。我、我要當成家居服。」

「請隨意。妳感冒的話也很傷腦筋。」

「嗯……」

沙優點頭如搗蒜，接著她一邊用針織衫的袖子遮住嘴，一邊以更小的音量說：

「……我會把自己的體味沾上去。」

「啥？」

就算音量再小，在這麼狹窄的房間依舊能聽得一清二楚。

「……妳把體味沾上去……是要幹嘛？」

我反射性地問了以後，自己也在納悶這是哪門子的問題。

接著，沙優隨即滿臉通紅地盯著我。

「……你、你覺得有什麼用途嗎？」

面對沙優的那句質疑，我什麼也答不出來，嘴巴開開闔闔地經過幾秒就沉默了。

「哪——」

接著，我幾近放棄地回答：

「哪有什麼用途！妳穿著就是了，傻瓜。」

我這麼一說，依然臉紅的沙優便嘻嘻地笑了。

「嗯，我會穿著。」

沙優只這麼回答，接著又重新拿起筷子，繼續吃飯。

我也覺得心裡亂害臊的，於是啜飲味噌湯來掩飾。

為什麼一大早就要丟這種臉？

我在腦裡朝著以往的同事怨了好幾遍。

順帶一提，沙優披上針織衫看起來格外可愛，也讓我燃起一股無名火。

我暗自打定主意，下次一定要讓她去買別的家居服。

第10話　洋裝

假日。

上午沙優若是出門打工，我大多會橫下心睡回籠覺。然而今天不同。

沙優離開家裡的聲音讓我醒了過來。由於意識變得格外清醒，我只好爬起身。

透過眼角餘光可以看見餐桌上排著包了保鮮膜的盤子。我走向盥洗處，洗了把臉。

難得在起床後有明確的空腹感，我趕緊將沙優幫忙做的早飯撕掉保鮮膜。

沾在保鮮膜的水珠滴到了餐桌上，盤子裡的韭菜炒雞蛋與煎過的香腸正微微地散發熱氣。

菜似乎是沙優在出門前一刻幫我做的，煮好以後恐怕還不到十分鐘。

我一邊因配菜尚有溫度而感到小小的幸福，一邊將白米添進自己用的碗，坐到餐桌前。

「開動。」

我獨自雙手合十，接著用了早餐。

沙優做的飯菜一向美味。

吃完早餐，將盤子洗好以後，我待在床上敲著筆記型電腦。

當我打開新聞網站，茫然地看著社會上關心的消息，諸如名人外遇及聳動案件時，某則頗具存在感的廣告便映入了視野角落。

「這份滋味，別有不同。」

伴隨這樣的宣傳文案，圖片上有著斗大的啤酒杯。

我哼聲點下廣告。

啤酒廣告總是會寫到「別有不同」或「獨樹一格」，形容得很抽象，光看廣告根本分不清楚是哪裡有差異。業主都認為寫個「香醇」、「夠勁」或「濃烈」就能把所有大叔吸引過去。

那樣的盤算完全沒錯。

用粗大的字體寫上「好滋味」一類的詞，再讓結滿水珠的啤酒杯入鏡，光是這樣便可以使我的喉嚨自己咕嚕嚥唾。

「唔唔……」

我發出低喃。

瞥向時鐘，才剛過上午十點。

從假日上午就開始喝啤酒。

還有比這更奢侈的事情嗎？不，沒有。

這麼一想，平時假日特有的「慵懶」便被拋到腦後。我手腳迅速地走向衣櫥，隨手翻出襯衫與長褲，然後換上。

我站到盥洗處的鏡子前，梳理睡覺壓亂的頭髮，刮了鬍子。

抓起錢包與家裡的鑰匙出門後，我發現秋天已近，室外卻仍瀰漫著悶濕的空氣，於是自然地繃起臉孔。

「殘暑遲遲不去呢。」

我嘀咕著將家門上鎖，然後往車站前的超市而去。

顯然是買過頭了。

當我用右手提著沉甸甸的塑膠袋，腳步沉重地折返回家時，腦袋裡頭便浮上些許的悔意。

呃，可是，看到新上市的啤酒在賣場裡陳列成排難免會令人興奮，結果不小心買了比平時多了近一倍的罐數，感覺也是無可厚非。

置身那種場合還能夠保持冷靜的人，本來就不會在假日為了買啤酒而專程動身到車站前的超市。

話雖如此，多虧那衝動又明顯欠缺冷靜的購物行為，我才落得了像這樣滿頭大汗地回家的下場，還可以想見自己會被打開冰箱做晚餐的沙優數落。

趁沙優回到家前先喝掉幾罐吧……如此心想的我走在路上，突然有平時不常聽見的陌生聲音傳進耳裡，使我自然而然地抬起視線。

聽得見金屬摩擦的嘰嘎聲響，聲音來自位於我左邊的小小公園。彷彿硬是在畸零地蓋出的公園實在小巧，那裡似乎是提供給小朋友嬉戲的空間，卻不太能看到有小朋友在那裡玩。

嘰嘰嘎嘎地響著的，是設置在公園邊邊的鞦韆。

我不禁停下腳步，凝視鞦韆。

在盪鞦韆的並非小朋友，而是看起來像高中生，穿著便服的少女。

我覺得那個少女莫名眼熟，於是自然地朝著公園走去。

色澤造作的金髮，以及小麥色肌膚。

「我說，妳在做什麼？」

踏進公園搭話以後，發呆的少女便貌似嚇了一跳地抬起臉龐看我。

「唷，吉田仔。」

「妳的形象是會玩鞦韆的嗎？」

我朝著彷彿受了驚嚇而呆呆張著嘴的麻美說道。她立刻露出氣悶的表情。

「我、我也會有想要玩個鞦韆的時候啊。」

「可是妳要盪不盪的耶。」

「囉嗦。吉田仔，話說你會在假日出門才難得吧……」

麻美說著，目光落在我提的塑膠袋上。

「……原來如此。」

「喂，別用那種同情酒鬼大叔的眼神看我。我平時可不會買這麼多，平時不會。」

「沒有啊，我什麼都沒說。」

話說完，麻美才總算舒緩表情。我鬆了口氣。

剛才我立刻便發現坐在鞦韆上的少女是她，然而麻美的模樣明顯跟平時有異。說得直接點，就是籠罩著陰沉的氣息。

這女孩本來就偶爾會擺出讓人猜不透情緒的臉色，但我好像是第一次目睹她的臉色陰沉得如此露骨。

何況，眼前的麻美似乎有什麼不同於平時的決定性差別，感覺格外異樣。

我盯著她，心想是哪一點如此令人掛懷，很快就發現了異樣感的真面目。

「……啊，是便服呀。」

「咦，怎樣？」

麻美狀似納悶地朝我投注目光，我於是坐到圍繞在鞦韆旁的矮欄上回答她：

「沒事……我是在想，第一次看見妳穿便服。」

我說道。麻美露出了詫異似的表情後，視線轉而落在自己的衣服上，還用手臂交抱身體。

「不、不要看那麼仔細啦……」

「為什麼啊？」

「我隨便選一套衣服就出門了。」

麻美略顯害羞地抿唇，接著低下頭。

她穿的是施以雅緻蕾絲刺繡，而且裙襬長及膝上的全白洋裝。

坦白講，在我看來會覺得要稱為「隨便」，這樣的款式似乎高檔過頭。

「你……」

麻美忽然開口。

往上瞟來的目光，跟我的視線對個正著。

「你是在想這樣穿不適合我唄？」

「叫我別看還徵求感想，妳這算什麼意思……」

「至少我曉得這種衣服不適合我……」

「呃，我什麼都沒說吧。」

經過似曾相識的言語應酬後，麻美又沉默下來。

果然，麻美身上看起來瀰漫著某種與平時不同的沉重氣息。

「……出了什麼事嗎？」

我一問，麻美就緊緊握住鞦韆的鏈條。

「……哎，有一點。」

「是嗎？」

我尋思過是否該問「出了什麼事？」開口到一半卻噤了聲。

倘若麻美想提，我認為她應該會主動提起。要是不想提，不提也無所謂。

我仰頭向天，發現天色簡直藍得詭異。幾乎沒有雲朵，宛如以顏料著色的藍覆蓋了整片天空。

沒什麼特別理由，我忽然冒出了「啊，要喝就趁現在」的念頭，於是從塑膠袋裡拿了一罐啤酒出來。

「別在這裡喝起酒啦。」

「隨我高興吧。」

麻美規勸我，聲音卻顯得有氣無力，聽得出她並無明確的責怪之意。我毫不在乎地拉起易開罐，大口喝下啤酒。雖然變得不太冰，但是正如廣告宣傳的那樣，麥香濃郁，碳酸的刺激也夠勁。

「……呼。」

當我從喉嚨裡發出既像嘆息也像呻吟的聲音以後，麻美忍不住笑了。

「真有大叔味。」

「在女高中生眼裡，實際上我就是個大叔吧。」

麻美對我的回應又嘻嘻笑了笑，然後微微地發出嘆息。

「吉田仔。」

「嗯？」

麻美叫了我，接著再度嘰嘰嘎嘎地前後盪起鞦韆。

隨後，她哼唧似的說道：

「真想早點成為大人耶。」

遲疑要怎麼回話的我含了口啤酒，以便填補沉默造成的空檔。

麥子的香味衝上鼻腔，咕嚕喝下以後，喉嚨一陣刺痛。

「當大人不錯喔。」

我這麼一說，就感覺到麻美的視線扎到了臉上。

「畢竟做什麼都可以自己負責。該怎麼說呢……比小時候自由得多。」

雖然這話不能說對任何人都通用，但是關於可以自己決定自己的行動這一點，至少我認為所謂的「自由」是相當快意自在的。

並非按照他人交代，所作所為都由自己選。

選擇再選擇，日復一日。

那非常有解放感，同時——

「只不過……」

我又灌下一大口啤酒。罐子越變越輕。

麻美靜靜地等著我這段話的後續。

我將罐子從嘴邊拿開，等到麥香從鼻腔深處消失，才告訴她：

「該怎麼說呢，自由這玩意……是孤獨的。」

我一說，麻美便訝異似的瞪大了眼睛。

「成為大人後就會突然體認到。啊，接下來的路要一個人走了，會有這樣的感覺。被父母或學校老師叨念的那段時期變得令人有點懷念，還希望有人來管自己。我也曾想過，希望自己能變回高中生。」

我露出苦笑，同時繼續說道。我想起沙優輾轉來到家裡以前，自己不時會有「如果能變回高中生多好」的念頭。

「但是……要變回高中生是絕對不可能的了。」

我說道。而麻美凝視著我的眼睛。

目光交會過好幾次後，我仍覺得她的眼睛實在不可思議。好奇心旺盛，看起來彷彿蘊藏著一股想窺探對方話中深意的光芒。

「所以說，當大人固然很棒……但在成為大人前還是當個小孩比較好。」

我開口斷言，並且大口灌下啤酒。

因為我在說話間接二連三地拿著喝，一轉眼就喝完了整罐。我將空罐晃了晃，耳裡便聽見麻美邋鞦韆的聲音。

「我說，吉田仔。」

由於麻美一邊邋鞦韆，一邊開口，我的視線自然地轉了過去。

光。

然而，時機不湊巧，麻美正要朝這裡盪過來，洋裝裙襬輕輕地飄起，內褲因而見了

淡綠色——如此心想的我別開目光。

「你似乎適合當老師。」

「啊？老師？」

「對，感覺你會去當高中老師。哈哈，超逗的。」

「不，我拿小孩沒轍啊。不可能啦。」

麻美對我的回應哈哈大笑，並且靈巧地跳下鞦韆。

「假如你來當班導師，說不定我就迷上你了。」

「啥？」

麻美無視於發出傻眼聲音的我，靈活地跨過圍欄，走向公園的出口。

「呃，妳要回家啦？」

「對啊，一直坐在硬硬的鞦韆上，屁股都痛了。」

「花樣年華的女高中生別大剌剌地講屁股這種字眼啦……」

麻美嘻嘻笑了笑，然後回頭轉向我，露出了跟平時稍有不同的柔和笑容。

「謝謝你嘍，吉田仔。」

「……噢。」

不知道為什麼，我感到難為情，於是把目光從她面前轉開，點了點頭。

彷彿該講的話已經講完，麻美匆匆離開公園。目送對方的我突然間想起自己有話尚未告訴她。

「喂！麻美！」

我大聲呼喚已經走出公園的麻美，她便朝這裡回頭了。

「怎樣啦！」

我搔了搔鼻子以後才告訴她：

「那件洋裝滿適合妳的喔！」

儘管我看不見細部的表情變化，但是麻美愣了幾秒鐘後，將目光落在自己的衣服上，跟著又抬起了臉孔。

「要你管，白痴～！」

明顯是用來掩飾害臊的答覆。不過那句話實在太符合麻美的作風，我笑了出來。

麻美粗魯地揮了揮手，旋即用比剛才更快的腳步從公園前的馬路離去。

我目送對方直到看不見身影，然後瞥向麻美剛才盪的鞦韆。

接著，我倉促地換了位置，坐上鞦韆。

緩緩一盪，重心便前後搖擺，讓我意識到自己是個體重有分量的成年男性。

「……大人和小孩都過得挺辛苦呢。」

嘀咕完，我跳下鞦韆。

沙優，還有麻美，並不是隨時都能笑得純真。她們倆各有隱情，且都屢屢為此所苦。即使如此，她們仍得活下去，沒有人可以代為承擔那種苦。

「……回家繼續喝吧。」

我重新提起了沉甸甸的塑膠袋，跟著踏上歸途。

「……話說回來。」

我一邊回想起剛才的光景，一邊用極小的聲音嘀咕：

「白洋裝配淡綠色內褲……還不錯。」

要是被人聽見，肯定就毀了。

第11話　單寧短褲

「我覺得這說不過去耶……」

雙方碰面後的第一句台詞就是這句。

「哪裡說不過去啊……」

見我蹙眉，三島露出了更加不悅的神情，並且朝我的上半身用力一指。

「前輩穿的衣服！」

「咦，我這樣穿會奇怪嗎？」

「要說的話……並不奇怪就是了。」

「妳想怎樣啦？」

我一反問，三島就焦躁似的踱起腳，然後扯開嗓門。

「無論怎麼想都是隨便挑的嘛！前輩從衣櫥隨手一抓，心裡覺得『哎，這件還可以』就直接穿了，對不對！」

「怎麼看出來的啊……妳有超能力？」

「差勁！」

三島依舊氣呼呼的。

確實如她所述，這是我從衣櫥裡取出，喃喃說著「哎，這件還可以」便穿來赴約的衣服。然而我既沒有穿得邋邋遢遢，衣服上也沒有皺痕。來離家最近的車站看電影，我覺得這副打扮並不算太荒唐。

「T恤配牛仔褲……假日出門跟女性見面，前輩卻穿T恤配牛仔褲……唉。」

「原來妳這麼排斥啊？既然還有時間，要我回家一趟換掉嗎？」

「不用了啦！反正吉田前輩覺得這只是來離家最近的車站看電影嘛！」

「妳果真有超能力……？」

「唉……我們走吧。今天是假日，因此不早點入場會很擁擠喔。」

三島顯然還是一臉不滿地邁出急促的腳步。

她似乎看不入眼我這身服裝，還惹她生氣了。

這麼說來，三島是穿偏厚的藍色格紋衫，搭配單寧質料的短褲，服裝帶給我的印象感覺和平時不同。

我看過幾次她的便服裝扮，不過印象中她總是穿長褲管的款式。我因而心想：原來她也會穿這類服飾啊。

「不過……」

三島突然開了口，我於是望向她的臉龐，發現她也瞥向這邊，微微地噘嘴說：

「前輩有刮過鬍子才來呢。」

「嗯？是啊……」

我還沒意識到，便用右手摸了摸下巴。鬍子是出門前一刻才刮的，所以很光滑。

「哎，出來跟女生見面，不剃總不好意思。」

我如此回話。而三島的目光有一瞬間曾鬼鬼祟祟地亂飄，接著才怒瞪似的朝我這邊看過來。

「既然前輩有這份心，請在服裝上也加油一點。」

「可以啊……」

我倒覺得刮鬍子跟精心打扮又是兩碼子事，不過在三島的觀念裡好像並非如此。下次有機會跟三島約出來碰面，就穿得體面一點吧，我心想。

抵達電影院以後，假日到底是假日，大廳裡相當擁擠。

「就算是假日，會有這麼多人來看電影嗎……」

「前輩也是其中之一喔。」

「啊，對喔，我也是來看電影的。」

「拜託你振作點啦，真受不了……」

三島毫不掩飾傻眼的表情，聳了聳肩膀。

「前輩要喝些什麼嗎？」

「好啊……我去買個茶過來好了。妳想喝什麼的話，我可以一起買。」

「那……」

三島正要開口，便警覺似的把話打住了。接著，她搖搖頭。

「呃……反正喉嚨也不太渴，我不用。」

「是喔？那我只買自己的份嘍。就挑個最小杯的飲料。」

相較於擁擠的大廳，排隊買飲料食物的隊伍比想像中短，我很快就買到了。手裡頭拿著杯子容積有一半以上都是冰塊的烏龍茶，我有些後悔地心想：早知道就交代去冰。飲料本身已經是冰過的了，即使不加這麼多冰塊，感覺也還是夠冰才對，不過從店方的成本效益來考量，多加冰塊想必才是妥當的手段吧。

在我買完飲料的時間點，大廳響起了通知開場的廣播。廣播裡提到的正好是我們倆想看的那部片預定要上映的影廳。

「時間正好耶。」

「幸好前輩一下子就買到飲料了。」

我們倆點頭，並前往所指定的影廳。

領了三島事先訂好的票，前往所指定的座位，我發現位置幾乎是在影廳正中央。

「是個方便觀賞的位置。」

「搶好位置也是很重要的啊。」

「不愧是電影愛好者。」

我以戲謔的口氣誇獎三島，她卻挺當回事似的「嘿嘿」地笑了。

我們是在開場後立刻進來的，因此影廳裡仍有燈光，周圍看得很清楚。

我茫然地看著三三兩兩進場的客人，覺得閒著有些無聊，於是喝了幾口飲料。裝了大量冰塊的烏龍茶果然感覺味道偏淡。

「啊……啊～」

旁邊的三島突然發出聲音，因此我把視線轉過去，發現她盯著我擺回飲料架上的烏龍茶。

「怎麼了嗎？」

「呃，那個……」

三島顯得鬼鬼祟祟地搔了搔後腦杓，然後看向我這邊，並且說：

「我好像還是渴了。」

「真的假的？時間還來得及，要去買嗎？」

我一問，三島便使勁搖頭。

「不不不，我倒沒有渴到驚天動地。」

「什麼叫渴到驚天動地？」

「我、我只是覺得有點渴啦。」

於是三島朝我的烏龍茶瞄了幾眼。

「……哎，妳想喝就喝啦。講話拐彎抹角的。」

「咦！可以嗎！」

「我反而覺得自己喝嫌多了一點。」

「是、是喔……」

面對我說的話，三島像機器人一樣地生硬點了頭，然後悄悄伸手拿起杯子。

「前輩，那就承你美意嘍。」

「嗯。」

看三島用吸管就口，我不由得別開了目光。

感覺這會構成所謂的間接接吻，三島卻好像不太介意。對方不介意，我卻放在心上倒是挺難為情的，因此我也決定不去介意。

螢幕播出了電影院商標，開始提醒觀賞電影時的注意事項。嚴禁私語、禁止吸菸、請勿踢前方座位、關掉手機電源，時下流行的ＣＧ動畫演出了這些基本觀念。

宣導影片放完後，我從螢幕分了神，發現坐旁邊的三島一動也不動。側眼望去，三島到現在還叼著吸管。

從三島拿飲料就口算起，感覺起碼過了一分鐘以上。

「呃，妳未免喝太多了吧。」

我一說，三島的肩膀便猛力彈起。看她那樣，連我也嚇得稍微蹦了起來。

「妳怎麼了！」

「我、我沒有喝啊！」

「啥？」

「不，不對，我喝掉了……」

「到底有沒有？」

「喝是喝了，但我並沒有從剛才喝到現在。」

難得聽三島講話這麼不得要領。

「那、那個，我不小心看影片看得出神了。」

「是、是喔……」

的確，剛才我被影片勾住了心思，三島肯定也一樣吧。

「妳居然會叼著吸管看到出神，像個小孩子，滿可愛的。」

我說完，三島就臉紅地把飲料放回架上了。

「請、請不要把我當傻瓜。」

「我又沒有。」

三島進影廳以後就顯得慌慌張張靜不住。

我正納悶三島是怎麼了，原本雙腿併攏的她就猛地蹺了腿。

三島把修長的腿擱到另一條腿上，肉感便突然被強調出來。我心裡覺得看了不該看的景象，立刻轉開了目光。

平時我沒有意識到，不過三島到底也是女性。盯著她的腿看，難保不會造成反感。

電影在不知不覺間開演了。我轉而看向以電影院來講音量相對較小的預告片。雖然影廳內的燈光仍未熄滅，原來在這種時候也會播預告啊，我心想。

「唔、唔唔……」

隔壁的三島咳了幾聲。

我用眼角餘光看見她蹺的腿正換來換去，難不成是座位不舒適？

我本來想講些什麼，卻又不知道該講什麼，只好再次專注於螢幕。目前在播戀愛片

的預告。

「唔。」

隔壁再次傳來咳嗽聲，轉眼望去，三島又換了一次腿。

「……妳在憋著不上洗手間嗎？那樣的話不如趁現在先去……唔！」

我挨了一記肘子，話就斷在中間。

「前輩真的是個點不通的人耶……！」

「妳、妳做什麼……！」

「妳才點不通吧……！」

當我們板起臉孔鬥嘴時，大概是蹺腿失去平衡的關係，三島的重心偏到了我這邊。

「好險……！」

我連忙摟住三島的肩膀把人接穩。

三島回神似的抬起臉，跟我在咫尺間目光交接。

「啊……前輩……對、對不起。」

「沒、沒事就好……」

三島突然態度軟化，還把身體縮回了自己的座位。

我也因為手上留有她肩膀的觸感，心情變得難以言喻。該怎麼說好呢？三島的肩膀單薄嬌弱。她果然是異於自己不同的生物，在我心裡浮現了這種不著邊際的感想。

「請問……」

三島怯生生地戳我手臂。

「嗯？」

我側眼看她，就發現三島低著頭在撥弄自己的頭髮，還用幾乎聽不見的音量說：

「我今天穿的服裝……怎麼樣呢？」

她的問題使我茅塞頓開。

或許三島對我的服裝格外有意見，又匆匆忙忙走在我前面，還有剛才一再換腿蹺，都是希望我對她的服裝發表感想。

我就是對這種事情反應不夠快，所以迄今都不太受青睞吧，這麼想的我發出嘆息。

面對這類問題，我認為坦然回答是最好的。

「該怎麼說呢，我覺得有健康美，不錯啊。」

我喃喃回答。

「呃……跟妳平時的形象不一樣，讓人有點心動。」

我這麼一說，三島的頭旋即變得更低了，臉龐完全被頭髮遮住。

當我提心吊膽地想著是不是又說了有礙心情的話時，三島嘀咕了一句。

「早知道一開始就先問了。」

「咦？」

三島呵呵地抬起臉，然後，露出了孩子般的笑容。

「吉田前輩果然什麼事情都要人直白問清楚才會懂耶，嘿嘿。」

那副笑容看起來是她至今最為坦率的表情，使我怦然心動。

「就、就是啊……妳問得拐彎抹角，我可不會發現。」

「不對吧，前輩何必拿這種事逞威風。」

三島彷彿找回本色地哈哈笑出來，並且指了螢幕。

「差不多要熄燈了喔。」

她剛說完，影廳就真的熄了燈，重新放起電影的預告。

可以曉得三島倏地把意識專注在螢幕那邊了。而我也把視線從她身上移開，看向螢幕。

總覺得電影還沒看，就已經讓人累壞了。

我茫然地看著預告片。

同時腦海裡想起三島剛才的笑容，以及她修長的腿，使我自顧自地咳了幾聲。

第12話 駝色裙

我使勁嘗試拉上拉鍊，立刻就察覺不對了。

「唔……這件褲子……唔唔！」

用了些蠻力把拉鍊往上拉到底，再扣上釦子。

在無意識間深深吸入的空氣，被我緩緩地吐出。

先摸摸被牛仔布緊緊裹住的大腿，接著再摸摸臀部。

從以前我穿褲子就喜歡緊身的款式。因為我曉得自己適合那麼穿。

不過緊身褲屬於非常要求身材的褲款，它具備體型一改變，穿起來便不再賞心悅目的棘手特質。

而我現在，正是讓那樣的特質擺了一道。

「買的時候明明很合身才對啊……」

我揉起自己肉肉的臀部，臉色越變越險惡。

「近期內最新買的褲子會緊成這樣，就表示……」

我看向收藏褲子的抽屜，感到不寒而慄。

努力塞應該不至於穿不下吧，我心想。然而我對衣服的認知是穿了就非得「美觀」才行。

緊身褲若是布料有餘，會顯得鬆垮垮；反過來講，貼身過頭就可以看出「咬肉」的跡象，同樣不賞心悅目。

我大大地嘆了一口氣。

的確，我承認最近跟吉田外食次數變多了，吃肉的機會隨之增加。

可是，難道會這麼快就反映在身材上嗎？

忽然間，我的腦海裡閃過了「歲數增長，代謝速度衰退後，便容易囤積脂肪」這條從電視看到的情報。

未免太不留情了，令人想哭。

我拿起擱在桌上的錢包，翻找放卡片一類的側袋，找到了滿久以前報名加入的健身房會員證。

一看有效期限，還剩半年左右才到期。

「雖然……我不太喜歡運動……」

得重啟健身課程才行，我不情願地下定決心，把會員證收回錢包。

總之，縱使下次放假開始跑健身房——

然而贅肉並不會因為我去了健身房幾天就消失，因此在瘦下來以前，我必須買條褲子來墊檔。

儘管我翻箱倒櫃，想找看看有沒有尺寸寬鬆的長褲，卻依舊發現外出褲每件都屬於緊身款。

「我好笨。」

雖說我喜歡穿緊身褲，都只買同種款式也太過極端了吧？我試著怪罪以前的自己，那樣卻解決不了問題。

「要買的東西變多了呢……」

我把頭髮抓成一團亂，然後從衣櫥拿出皮帶。

基本上，我為什麼會在假日把腿伸進牛仔褲呢？因為我原本打算去買秋季外出服。

起床後邊看電視邊吃飯，既沒有特別好玩的節目，又覺得今天身體狀況不錯，導致我有了不如出門買衣服的念頭。

於是我隨興地把腿伸進牛仔褲，就演變成這樣了。

反正要去買衣服，即使該買的東西多了一項也不成問題，話雖如此……

再三重申，緊身褲是非常講究尺寸的褲款，試穿所需的次數跟上衣相比自然較多。

連買一件都必須付出可觀的毅力和體力。

買起來麻煩的東西變多了——我感到欲振乏力，卻還是趁著自己仍有意願出門時，盡早將儀容打點完成。

走進常買服飾的店家以後，常協助試穿的店員立刻跟我對上目光。

「歡迎光臨。」

店員笑容可掬地走來，我便向對方打招呼回應。

「請問妳今天也是要找下著嗎？」

由於我總是在這裡買緊身褲，似乎就被當成了只會買下著的女人，這讓我覺得有點逗趣。

「不，我今天也想看一看上衣。」

我回答，店員就訝異地表示：「真的嗎！」反應很可愛

「哎，褲子也要買就是了，跟往常一樣。」

我補充以後，她嘻嘻笑了笑，指向從店門口進來後即可看見的賣場。

「如果想找秋季上衣，正好已經展示在那一區了喔。」

「這樣啊。」

我朝店員所指的方向看去，旋即發現確實有衣襬比夏裝長，而且款式穩重的服飾陳列在那裡。

「我去看看。謝謝妳。」

我跟對方說了一聲，然後走向陳列秋裝的賣場。

賣場裡大半以淡色系服飾居多，自然就被我從候選名單剔除了。因為要說的話，我認為自己比較適合穿深色系。

紅褐色的針織衫及靛色外套，吸引了我的目光。

感覺這樣穿跟緊身褲相襯，要內搭我現有的襯衫也合適。

挑哪一件好呢……當我思索時，忽然想起這樣的衣服，去年不是就買過類似的嗎？這麼說來，去年我也是基於跟褲裝好搭配的理由而買了針織衫。顏色一樣是褐色，儘管我覺得色系跟目前看的款式略有差異，但在他人眼中的印象恐怕幾乎不變吧。

這樣的話，是不是該買外套？我轉而看向靛色外套，仔細一瞧，總覺得以便服而言太過筆挺了，感覺用這件外套搭配褲裝看起來只像商務休閒裝。

傷腦筋了呢——我心想。剛才的店員似乎察覺我的心境，於是悄悄地湊了過來。

「請問有什麼需要協助的嗎？」

服飾店裡有店員明白我來過好幾次，在這種時候著實助益良多，她不會過度攀談，有困擾的時候卻會迅速現身。我覺得對方真是內行。

「我在找適合搭配緊身褲的衣服……不過挑了幾件好搭配的款式以後，就發現看來看去，似乎都跟家裡已經有的款式類似呢。」

我坦白說明現狀，店員便殷勤地答腔「我了解我了解……」然後用目光朝賣場繞了一繞。

經過幾秒鐘的沉默，她跟我對上視線，並且明確地說：

「那麼，反過來改穿緊身褲以外的服飾怎麼樣呢？」

「咦？」

面對料想不到的提議，我愣愣地出了聲。

「哎呀，我從之前就在想了。緊身褲固然適合妳，不過穿其他下著肯定也會很合適才對。其實我有想要推薦妳的款式喔。」

店員連珠炮地說完以後，偏過了頭看我。

「妳覺得如何呢？」

妳覺得如何——對方問是這麼問，氣氛卻顯得不容分說。我莞爾點頭。

「那麼，能不能請妳推薦看看？」

「樂意之至！」

她格外有活力地說「這邊請」，把我領到了裡頭的賣場。

「就是這件。」

我看見店員拿來的服飾，目瞪口呆。

「裙、裙子？」

「沒錯沒錯。這叫駝色裙。款式既穩重又雅觀，對吧？屬於在二十出頭的女性之間正受歡迎的商品喔。」

店員流暢地為我說明，我的思路卻在「二十出頭的女性」這段話就停擺了。

我露出自嘲的笑容，搖了搖頭。

「我呢，並不是二十出頭喔。呵呵，都要排到二十歲的後段班了。」

「咦，對、對不起，是我不禮貌！可是根本看不出來耶！」

「真的？」

「真的喔！畢竟我剛才嚇了一大跳！」

店員的反應令我再次莞爾。她的用詞較自然大方，以服務業來說有略欠客氣之嫌，卻不會讓我反感。我倒覺得親切，以及放心。

「但我一直覺得裙子是年輕女孩穿的。」

「不不不，沒那種事喔。何況這位客人，妳的美無關年齡，穿了絕對合適。我可以向妳保證。」

「呵呵，妳說真的？」

我就這麼被猛點頭的店員捧得喜孜孜，因而拿起裙子。

抵上腰際，試著照鏡子一瞧，確實是件氣質穩重的長裙。然而，我不確定是否適合自己。

「有興趣的話，要不要試穿看看？」

「那就試一試好了。」

「啊，這樣的話，在剛才的賣場那邊還有商品可以推薦給妳。要不要搭配看看？」

「不錯呢。可以麻煩妳嗎？」

彼此越談越投機，我就照著推薦東一件西一件地拿到手，試著穿了上去。

儘管我自己無法判斷好不好看，但每當店員表示「啊，這件不錯！」或「很適合喔！」就有些得意在心頭。

結果，我買了以往從未買過的「駝色長裙」，還有自己絕對不會挑的淡色系薄針織衫才離開店裡。服飾店的店員，可畏也。

買完新衣服以後的回家路上，情緒總是會亢奮得讓腳步變輕，今天我內心的雀躍卻更勝平時。

再怎麼想，關鍵都在於店員說的那句「可是，根本看不出來耶！」被那麼年輕可愛的女性當成二十出頭，實在令人開心。

而且，既然是她推薦我買的衣服，在別人眼裡肯定也是很迷人的吧。

……不曉得吉田看了以後，會是什麼樣的表情？

想到這裡，我自顧自地羞赧起來。

「下次，得再約他吃飯。可以的話……挑在假日。」

我低聲嘀咕，並且踏著無心間變得輕盈的腳步朝家裡而去。

「不對，我錯了。」

幾分鐘後，浮動的心情倏地散去，腳步也跟著停下。

因為我想起了要緊的事情。

「……首先，我得瘦下來才行。」

本來就是因為發胖，才讓我落得要買新下著的窘境。

現在約吉田吃飯並不是時候。

畢竟越是跟吉田去吃飯，越會讓我發胖。

「唉……」

在我大聲嘆氣的同時，先前的亢奮感也就不知消失到哪裡去了。

現實……是嚴苛的。

第13話 長版上衣

「讀高中時真好……」

我不自覺地講出這種話，逕自笑了出來。

在衣櫥和穿衣鏡前來來去去，感覺前前後後已經耗了約三十分鐘。

高中時期，同班同學說過「蒼適合穿黑衣服呢」，使我不假思索地老是穿黑衣服。就讀大學時則會購閱沒什麼興趣的時尚雜誌，將髮型跟自己類似的模特兒所穿的衣服隨意買來穿。

因為如此，我在以往的人生中，並沒有為時尚這個範疇煩心過。當時所欠的努力，現在得要償還了。

「畢竟想不到穿什麼就可以穿制服，多好。」

乾脆穿制服赴約吧，我自暴自棄地這麼想過，細想卻發現制服留在老家，27歲的我既不是女演員又不是模特兒，穿高中制服實在有違體統。

我嘆了氣，坐回床鋪上頭。

對出門的穿著打扮煩惱成這樣，當然是有理由的。

平時一個人外出，我只要隨便穿件黑色的衣服就好，因為要跟人碰面才令我煩惱。更何況對方是我初戀的男性。

趁假日睡到中午過後才醒來，打算去便利商店買飯的時候，才發現把錢包忘在公司了。

出社會以前都在老家過得優哉游哉的人，就算開始獨居也不可能突然就養成自炊的習慣，我只有在興致來的時候才下廚，想也知道冰箱裡沒多少東西。

換句話說，我到放假第二天，才發現自己淪落至既沒有東西可吃，錢包又不在手邊的無奈處境。

我對自己散漫的生活態度感到傻眼，幾乎與此同時，我想到了一個壞主意。

那就是以此為由，把唯一在公司交換過聯絡方式的吉田約出來，順便吃頓飯。

連我都覺得這算妙招，可是要跟吉田見面，總不能穿得隨隨便便出門。

在吉田心裡，我的定位大概停留於「憧憬的高中學姊」那段時光。明知道這一點，還隨隨便便地打扮出門，恐怕會破壞自己在吉田心目中的形象，我心裡對他可沒有這麼滿不在乎。

說穿了，我就是想對初戀的學弟充門面。

然而，以往我從來都沒有主動關心過時尚，頂多抱持「差不多就這樣吧」的心態，得過且過地維持走在街上不致丟臉的打扮，「能討好異性的穿著」便是我一竅不通的。

再加上，對方是我認識的「那個」吉田。

高中約會時無論我穿制服或便服，他每次都會稱讚「可愛」；連看過臀部上讓我有點自卑的大顆黑痣以後，都說得出「可愛」的男人。

但我認為當時只是因為我們在交往，吉田才會看什麼都覺得可愛。

這代表我不曉得他的「好球帶」。

「吉田，你這個人喔……」

我試著用嘀咕來轉嫁責任，衣服卻不會因為這樣就決定好。

我甚至想到，自己根本就還沒有聯絡吉田。

不，即使沒有先聯絡，吉田有空肯定就會來。我有這種無端的把握。

話雖如此，萬一吉田已經做了規劃，仍然大有可能被他拒絕，我念頭一轉，覺得在挑衣服之前還是應該先連絡。儘管我不認為他會在假日安排什麼活動……

我拿起手機點了點，傳訊給吉田。

從吉田那裡立刻有了回覆，可是他似乎沒意願出門。不過，倘若有事要忙，感覺他會在一開頭明講「因為有事情要忙……」難不成這表示吉田沒什麼事情卻在跟我磨菇？

這可就囂張了喔。

多傳幾次簡訊互動以後，吉田依舊推推拖拖，明顯不想出門到公司，到最後我只好祭出了「沒東西可吃」的殺手鐧。呃，實際上我就是沒東西吃，所以這不算撒謊吧。

這麼一來，吉田也不得不屈服，回訊表示他會來找我。

雖然是利用對方心軟才爭取到的，但勝利就是勝利。

接下來——

問題回到原點。

該穿什麼赴約呢？這就是問題。

我既不能回到從前去刺探吉田的喜好，現在要傳訊問「我穿什麼衣服過去才好？」也實在令人難為情。即使問了他，可想而知答覆會是「穿妳喜歡的衣服不就好了？」

……我跟吉田之間，已經不存在可以聽他說「學姊穿什麼都可愛啊」的關係了。

想到這裡，我有些心痛。

如今，他懷著另一段戀情。

儘管我知道是自己要放手的，卻也相當清楚，自己錯過了一個好對象。正因如此，為了壓抑心坎裡隱隱湧上的痛，我奮力過猛地從床鋪起身。

於是，我拿起了從上週得過且過地買來後，就一次都沒有翻閱過而落在床邊的時尚雜誌。

一看封面，上頭用大大的字體寫著「秋天就穿長版上衣！」

「啊。」

我自然而然地冒出聲音。

「我有呢，長版上衣。」

我一邊瀏覽雜誌，一邊走向衣櫥。

日前我打算買幾件秋裝，才去過服飾店，又嫌自己挑衣服麻煩，於是隨便找了個店員問：「妳覺得怎麼穿比較合適？」

對方的答覆就是這個。

我拿起近似黑色的長版灰上衣，站到鏡子前。

我想起店員尖聲說過：「這不僅簡約穩重，給人的印象也比冬裝輕盈俐落，很不錯喔。感覺還能映襯出客人妳的黑色秀髮！」諸如此類的話。

的確，既俐落又簡約。

我把目光落在雜誌，發現長版上衣配的是七分褲。

要七分褲的話，我也有，我有。

我自顧自地點頭，從衣櫥翻出白色的褲裝。

脫掉家居服甩到一旁，換好上衣跟褲裝以後，比我所想的還要像樣。

「就這麼穿。」

明明買雜誌時內心一直認為「不會看還買這種東西」，買衣服時也認為「反正只會穿幾次而已」，沒想到卻在這種時候派上用場了。

得過且過的態度偶爾也幫得上忙呢──我逕自嘀咕。

到盥洗處的鏡子前面仔細檢查髮型有沒有在睡覺時壓壞，再上一層不至於太濃豔的淡妝。

我打開玄關的鞋櫃，找起與今天服裝最相配的鞋子。

結果，我在鞋櫃角落，發現有一雙始終收在小盒子裡的鞋。

「啊……」

不必打開也認得那雙鞋。

我露出自虐的笑容。

「居然在這個時間點闖進我的眼裡……」

我伸手拿起鞋盒。

高中時央求父母買的，對當時的我來說略微成熟的鞋。

腳跟較高，踝扣式的黑色涼鞋。

我還說下次要穿去約會……才讓父母買給我的。

結果，因為我的關係，下次的約會沒了。

「這算約會嗎？」

我盯著涼鞋嘀咕。

「……就當是約會吧。」

話說完，我從盒子裡抽出包裝紙，把鞋子擺到玄關。

腳的尺寸似乎從高中時期就完全沒變，涼鞋合腳的程度嚇了我一跳。

「呵呵。」

笑容自然地流露而出。

「一直沒機會穿你，真抱歉呢。」

我凝望涼鞋，試著這麼說道。當然不會有回應，但我一廂情願地心想：鞋子是不是也在高興呢？

「幹勁十足的打扮、新鞋子，況且我好歹也算是個美女……」

我試著把話說了出口。

「這樣沒有吸引到吉田的話，就是他品味不好。」

嘀咕以後，我自顧自地笑。

我打開玄關的門。

起碼，要讓他對我的外表誇獎一句，我懷著這樣的念頭走出家門。

誰知道，豈止得不到誇獎，服裝這方面竟然連隻字片語都沒有談及。

第14話　青春

「……她真慢。」

我茫然地一邊望著來往於眼前的大量人潮，一邊嘆息。

平時放假我都閒居在家，今天卻站到了都會區的車站驗票閘前。

而且，把我叫出來的當事人已經超過會合時間三十分鐘，仍遲遲沒有現身的跡象。

即使拿手機看，也沒有收到什麼聯絡。

「……受不了，怎麼回事啊？」

在假日突然把我叫出來的人是神田學姊。

早上睡醒，就發現學姊在我就寢的期間傳了簡訊過來。一看收到簡訊的時間，是在凌晨四點左右。從我睡醒的時間逆推回去，差不多在五小時前。

對方會在那種時間傳訊，想必是相當緊急的事，我連忙開啟通訊軟體，裡頭所寫的內容卻簡單明瞭。

『說來突然，今天要不要一起吃午餐？』

真的太過突然，看得我兩眼發直。

神田學姊為人隨興並不是一天兩天的事，然而在當天凌晨四點才突然邀人吃午餐，還是離奇得讓我忍不住嘆氣。

『對不起，我剛剛睡醒。』

我不認為自己理虧，卻仍舊先賠罪，並且在簡訊裡表示自己剛醒來。已讀標記立刻就出現了。

『我們去吃午餐吧。』

新傳來的訊息只寫了所為何事，同樣是她的作風。

『學姊怎麼會突然約我？』

『倒也沒什麼事情，只是不禁想找你吃個飯。』

『會不會太突兀？』

『擇日不如撞日啊。』

我朝旁邊躺在被窩裡的沙優瞥了一眼，她正呼呼熟睡，還沒有醒來的跡象。

平日比我早起的沙優都會幫忙準備早餐，但是在週末睡到中午似乎成了她的習慣。

只要我到外頭解決一餐，她也省得做兩人份的午飯吧，我心想。

『要去是可以啦。』

我這麼回覆，而神田學姊在傳了示意「很好」的貓咪貼圖之後沒多久……

『那麼，十二點在東京車站見。』

她只寫了這點內容。

地點會指定在「東京車站」，讓我感到不對勁。那地方距離我的住處還有她的住處，都算不上多近。

儘管我想問「為什麼」，但反正問了也得不到回覆，想也知道她會回答「安啦安啦」就隨便打發過去，便作罷了。

所以說，我在假日專程來到了東京車站……

「她總不會睡起回籠覺了吧……」

接不到聯絡的我只能枯等，不自覺地就這麼嘀咕起來。

「我沒有睡回籠覺啊。」

「唔哇！」

聲音突然從旁邊傳來，嚇得我忍不住肩膀一顫。

心驚甫定，我發現神田學姊正站在旁邊。

「我在煩惱穿什麼過來，回神後就拖到完全趕不及赴約的時間了。」

「既然會遲到，請學姊至少聯絡一聲啊！」

我說完，學姊就哈哈笑了出來。

「反正會遲到，我才想嚇一嚇你。」

「為什麼我被迫在這裡枯等還非得讓學姊嚇？」

我使勁擺臉色，而神田學姊又嘻嘻笑了笑，然後吐舌說：「抱歉抱歉。」

相隔數週在公司外見到學姊，她還是一樣我行我素。

「所以嘍，你覺得怎樣？」

學姊突然朝我這邊投注目光凝視而來。

「怎樣……是指什麼？」

見我反問，她從鼻子呼了氣，然後提起黑色長版上衣的下襬給我看。

「敢問您對我認真挑選到姍姍來遲的這身衣服有何感想？」

「這、這樣啊……我覺得，非常適合學姊。」

「可愛嗎？」

被學姊直截了當地重新一問，我有些遲疑。

我不太擅長端詳對方的穿著打扮，然而她剛才明顯在催我「仔細看」，我只好將她的裝扮從上看到下。

長版黑上衣既不會太寬鬆，也不會太服貼，裹著修長美腿的白色緊身褲從底下延伸而出。人們常說白色是在視覺上造成膨脹效果的色彩，但學姊即使穿白色的褲裝，仍然看得出健美的雙腿有多細。

鞋子是看起來幾乎新得帶有光澤的黑高跟涼鞋，跟白色褲裝相映襯而散發著十足的存在感。

我個人覺得與其說「可愛」，這身服裝更傾向於「帥氣」，不過學姊本身的神祕氣質、小動物般的臉孔跟服裝很搭配，整體來看時確實有「身為女性的魅力」。

儘管我曉得在這種時候實話實說是最好的，然而一準備開口，就想起了之前跟她去烤肉時的事情。

『我的意思是，我好不容易放下了第一次的失戀啦，笨蛋。』

或許直到前陣子，學姊對我都還懷有戀愛情感。倘若……她所說的話可以盡信。面對這樣的人，要表明自己有任何一絲把對方當女性的想法，我認為不妥。

「帥耶。很適合學姊。」

思索到最後，我這麼說。而神田學姊頓時露出了難以言喻的表情，然後嫣然一笑。

「嗯，謝謝你嘍。遲到算是值得了。」

「我倒希望學姊不要遲到……」

「好啦好啦，晚個三十分鐘不用這麼計較嘛。」

毫不慚愧地這麼說完以後，學姊緩緩將雙手合在一起拍響。

「好！那麼吉田。」

「要走了嗎？」

「嗯，走吧！到遊樂園！」

「……啥？」

我發出了糊塗的聲音，而學姊一個勁地說：

「我們去遊樂園吧，吉田。」

「咦，之前是說要去吃午飯耶？」

「要吃午餐，在遊樂園吃就好啦。」

「不不不……」

話題進展太快，我的腦袋完全跟不上。

「我難得精心打扮出門，只去吃午飯感覺就可惜了。」

「……學姊是剛才想到的嗎？」

「正是！」

「隨興而至也該有個限度……」

「有什麼關係嘛，我們走啦，去遊樂園。反正你吃完午飯以後也很閒吧？」

「哎，我固然是沒有規劃……」

「那就這麼說定！走嘍，吉田。」

神田學姊絲毫不聽我回話而匆匆邁步。

「啊，等一下……！」

我出聲想把人叫住，她卻顯得充耳不聞。

學姊往前走了一小段，然後回過頭。

「你在做什麼嘛，趕快走啊！」

面對停在原地的我，學姊若無其事地這麼說道，而我在大大地嘆了口氣以後，朝著她點頭。

「知道了啦，真是……」

我快步前進以便趕上學姊。

在我腦海裡起初感受到的不對勁，伴隨呼之欲出的答案，再次主張了其存在感。

為何要約在東京車站？

答案已經揭曉了。

她從一開始就打著這樣的主意。

因為學姊打算從東京車站搭一段車，到日本最有名的遊樂園，才會和我指定在這裡碰面。

然而，我不懂的是……事到如今，她為何會想跟我去那樣的地方？

跟學姊去吃烤肉那一天，我自認為跟她之間的往事已經被清算完畢了。

不過……在她的心裡，或許並非如此。

我一邊追逐神田學姊看準地鐵路線而匆匆往驗票閘走去的背影，一邊這麼思索。

＊

「讀高中的時候。」

神田學姊站在電車門邊，目光望著外頭的景色。

重新細看那張臉龐，仍端正得像人工物，不由得讓我對投注視線的行為產生猶疑。

無話好說的我，將視線在車窗外與學姊的臉龐之間來來去去，她就喃喃開了口。

「以前我曾說過想去遊樂園，你記得嗎？」

面對學姊那句話，我遲疑了短瞬，接著才緩緩點頭。

「……我正好也想起了那件事。」

「呵呵，是嗎。」

印象中，那是在高二的早春。

社團活動結束之後，我順道去了神田學姊家，悠閒地待在她房間的時候，她忽然間嘀咕：「遊樂園，好想去呢。」這句話我記得很清楚。

「遊樂園嗎……這麼說來，我讀高中以後，一次也沒去過那種地方。」

「我們去吧，就我們兩個。」

「可以是可以，不過學姊怎麼忽然提到這個？妳給人的印象，倒不太像是會去那種地方。」

學姊原本就屬於對人群不太適應的那種人。

即使放假去逛街，她大多也會立刻表示：「人好多。找間店進去吧。」

「哎，的確。」

學姊附和以後，躺到了地毯上，並且把頭擱在我腿上。她仰望而來的視線，與我的視線相互交會。

「不過，我偶爾也會覺得……做一點像普通情侶的活動，是不是比較好？」

「學姊說的『比較好』是什麼意思？」

「唔嗯～……你想嘛，我們每次都閒閒地待在家裡。」

「有什麼關係呢，在家就在家啊。」

「吉田，你不介意嗎？」

問題突然拋來，使我語塞了。

「呃，我倒沒什麼感覺……」

「沒什麼感覺？」

那一天，神田學姊的模樣跟平時有些不同。

平常她並不會徵詢我的意願，而是突然就要求「吉田，我們去〇〇」或者「吉田，陪我〇〇」，學姊都是這樣的。

「我覺得，只要學姊過得開心就夠了。」

我這麼回答，一瞬間，她的眼神很是閃爍。那幕光景，在我腦裡浸染得格外深刻。

說是浸染……我卻把那忘掉了，直到此時此日。一度浸染的記憶，會在心血來潮時鮮明地回想起來。

「那麼，下次我們還是去遊樂園吧。」

「學姊想去嗎？」

「……嗯。吉田，我想跟你來一場普通的約會。」

我想，她所說的「普通」，肯定含有「比照其他情侶那樣」的意思。

如今我知道她當時要的是什麼，於是能夠輕易體會到，那時候我的一言一行，始終都徐緩輕柔地，踏在她內心的小小地雷上。

我曾真心認為「凡事順著學姊的意就好」。那種缺乏主見的態度，逐漸讓她陷入了不安。

學妹當時從我面前轉開目光，然後貌似有些落寞地露出微笑的臉龐，跟她現在望著車窗外的臉龐，緩緩地重疊了。

「結果……我們並沒有去成呢。」

這麼說的她，並未看我這邊，而我也徐徐地點了頭。

「是啊……」

學妹提到想去遊樂園的時期，老實講，對參加棒球社的我來說，時機並不湊巧。

畢竟對棒球社學生而言，夏天來臨前是被逼得最為緊繃的訓練時期。何況那一年，隊上成員已經練出了相當的實力，有望進軍甲子園。雖然我們到最後未能打進甲子園的賽事，不過，我記得棒球社當時練習得非常賣力。

因為如此，正好從那時候開始，幾乎每週放假都要練球的日子持續了一陣子。

結果我們都沒有去遊樂園，夏天便結束了，我在入秋以後才提起：「學妹，要不要去遊樂園呢？」學妹又露出有些落寞的臉色，然後告訴我：「呃……我想，還是不用了。」

「當時我認真投入於棒球……結果好像讓學妹等過頭了。」

聽我這麼說道，原本一直看著窗外的學妹忽然把視線轉了過來。

接著，她「呵」地微微笑了笑，並且告訴我：

「沒關係啊，反正我們現在要去。」

那副笑容，比學姊在我記憶中的笑容成熟得多，使我情不自禁地心動。

「……也對。」

我用較小的音量附和，學姊就哈哈笑了。

「害羞以後聲音就會變小，你這一點從高中到現在都沒變。」

「別說了啦。」

我板著臉孔，把頭轉向一旁，貌似被逗樂的神田學姊便笑得更開心了。

＊

在假日，還是午後才入園的我們，迎頭就被海濱大型遊樂園的遊客之多嚇倒了。

「哎～假日果真擁擠耶！」

「那是當然的吧。」

入園後，即可看見仿照特大號地球儀建造成的噴水池，為數眾多的遊客正在那前面擠得水泄不通。

跟吉祥物合照的人，在噴水池前面有說有笑地吃著吉拿棒或爆米花的人，以及腳步匆匆地朝別處去的人……每個人臉上，都浮現燦爛的神情。

像我這種身心俱疲的上班族來到園裡，感覺實在太不搭調，我不由得深深嘆了氣。

然而，神田學姊牽起了我的手。

「來吧，吉田，總之我們先散個步吧。就算只是逛逛，想必也滿有趣的。」

學姊如此表示，微微一笑。

她那牽起我的手，一如記憶中地冰涼。

久違的牽手觸感，強烈地串起我跟她仍是情侶時的記憶，突然令我害臊起來。

「手就算了啦。」

「嗯？什麼叫算了？」

「我是指不用牽手啦，我又不是小朋友！不會跟妳走散。」

我這麼一說，學姊就瞪圓了眼睛，然後「噗」地笑出來。

「怎樣，你在害羞？有什麼關係呢，出來約會，那就牽個手嘛。」

「這並不算約會！」

「是喔？我倒是當成約會耶。」

「我是被學姊叫出來吃午餐的。」

學姊聽見我的話，又嘻嘻笑了笑。

「對了，是那樣沒錯。」

話一說完，學姊便放開我的手。

「那麼，我們改用成熟穩重的風格約會好了。」

「都說了，這並不算約會啦……」

我對於自己莫名計較「約會」這處語病感到亂不好意思，可是無論如何，我本身都不想認同這算約會。

「她是什麼意思」這句話，更是在我腦裡再三浮現，而後隱沒。

神田學姊在園裡一副看什麼都稀奇似的走動張望。我側眼看著她，一直在思索自己要懷著什麼樣的心態在這座遊樂園玩才好。

「總之我們先找那個吧，那個。」

學姊將目光落在從入口領到的小冊子，並且說道。

「那個？」

「對，那個。呃，就是有結凍泡沫的啤酒啊，我早就想喝喝看了。」

「剛來就要喝酒嗎……」

比起遊樂設施，學姊更想先找到啤酒冰沙，使我冒出苦笑。可是對於喝酒這一點，坦白講我也是持贊同意見。

因為我強烈希望藉酒意讓腦袋陷入迷茫。

「哦，在滿近的地方就能買到嘛！」

學姊指了小冊子所附的地圖，露出純真微笑。

「走吧，我們趕快去！要是慢吞吞的，太陽就要下山了。」

「我明白了。」

學姊邁出比剛才稍快的腳步。

我配合她的步調走在旁邊，學姊就瞥了一眼過來。

「真的不用牽手嗎？」

「早說過，我又不是小朋友。」

「啊，是喔。你真固執耶。」

學姊看我搖頭，臉色變得有些落寞，然後轉向前方。

「沒喝酒誰受得了呢。」

我聽見學姊這麼嘀咕，於是跟著笑了出來。

「那我倒是贊成。」

於是乎，剛入園便跑去買酒的活寶二人組就此誕生了。

買完啤酒，我們兩個邊閒聊邊走在園內。

走進有古代遺跡散見各處的叢林主題遊樂區以後，飄來了類似燻製品的香味，受到吸引的我們就在攤販買了那裡供應的煙燻雞腿。

在以繽紛小熊玩偶為主題的燈塔遊樂區，我們被香甜的氣味引誘而去，吃了名叫歐姆蕾甜心捲的時髦甜點。

在以活火山採礦場為主題的遊樂區，則吃了餃子熱狗……

「奇怪，我們是不是都在吃東西？」

突然回神的我一問，神田學姊笑了。

「有什麼關係呢？反正我們就是來吃午餐的。」

「跑來主題樂園，光是到處吃東西好像也怪怪的就是了……」

「沒關係啦，我覺得這樣比較符合我們的作風。」

「這算我們的作風嗎……」

的確，我完全沒辦法想像我們兩個突然來到遊樂園，還興高采烈地玩遍各項設施的景象。

更何況，雖然我硬是被帶來這地方，不過能像這樣品嚐美味的食物，走賞於世界觀細膩精緻的園內，倒也挺有樂趣的。

「太陽，就要西斜了呢。」

學姊忽然這麼說，我於是抬頭仰望，天色確實已經泛紅，開始轉暗了。

「沒想到時間一轉眼就過去了。」

「呵呵，你玩得開心嗎？」

「哎……比想像中開心啦。」

「那就好。」

神田學姊嫣然笑了笑，然後把最後一口餃子熱狗塞到嘴裡，細細地咀嚼起來。

將那吞下去之後，她晃了晃其中一條腿。

「好久沒有走這麼多路，腿有點痠呢。」

「學姊要坐下來嗎？」

園內四處備有供遊客休憩的椅子，附近正好就有位置空著。

「也對，稍作休息。」

學姊點頭後，快步趨近椅子，一屁股坐了下來。

我也和學姊空出一小段間隔，跟著坐到她旁邊。

「我好像很久沒有走到腳底發麻了。」

「成年以後，走路的機會比想像中還少。」

「我倒覺得是因工作而異呢～除非當行銷，否則資訊業都是坐著居多。」

「學姊說得是。」

我一邊附和，一邊自然地伸手揉起腰。

如她所言，由於平常坐在椅子上辦公居多，因此腰比腿還痛。

學姊看見我的舉動，就悄悄地呼了氣。

「吉田也變得有點大叔味了呢。」

「避不了的嗎……果然。」

「呃，跟高中棒球少年的時期相比，看起來當然會多了一把年紀啊。」

學姊這麼說完以後，就在腿上托著腮，默默地凝望我。

「不過……彼此真的老了不少呢，我跟你。」

她的話裡，彷彿蘊含著超乎字句的各種情感，讓我吸氣之後一下子無法吐出來。

連起我跟學姊的關係，發生在十年以前。接著，間隔九年左右的空白，我們又遇見彼此。

在心智成熟度遠不及目前的那個時候，我們成了情侶，還來不及熟知彼此就分手，並且各奔前程。

此刻在我眼前的「神田蒼」，有許多部分看似跟那時候的她形象重疊。然而，要問到兩者是否為同一人，答案是否。看在她的眼裡，此刻的我，想必也會帶來類似的觀感。

「……真是不可思議。」

「對呀，不可思議。」

「相隔九年，我和學姊又見面了，還一起來遊樂園。」

「就是啊。明明最希望去的那時候沒有去成，事到如今，卻兩人成行。」

話說完，學姊嘻嘻地笑了。臉上固然在笑，嗓音卻明顯流露出「感傷」，連遲鈍的我都聽得出。

「吉田，這九年之間，你在根本上的部分絲毫沒變……不過，你卻掌握到了以往我『最期望你能擁有』的特質。真不曉得……為什麼會這樣呢？」

「學姊說的是什麼？」

我一問，學姊便悄悄從我面前別開目光，並且遠眺似的瞇了眼睛。

循著她的視線望去，我看見在高聳的火山岩壁上，插著貌似鑽頭的裝置。

她盯著那座裝置，並且告訴我：

「我說的，是執著心。」

在學姊這麼說的同時，雲霄飛車從火山的噴火口衝出，隨後則有搭在那上頭的遊客尖叫聲傳來。

她那些言語，在我的心坎裡蔓延開來。

執著心。

高中時期的我，難道缺了那項特質嗎？學姊還說，我現在就擁有那項特質。

聽她一提，我仍然不太開竅。

然而，神田學姊依舊望著大鑽頭造型的裝飾物，喃喃地說了下去。

「比方說呢，唯有這點絕不退讓，唯有這項事物絕不願失去……諸如此類的想法。現在的你，就顯得擁有近似執著心的意志。」

「這……」

話講到這個份上，我終於明白她想表達的意思了。

假如我有萌生那樣的情感，對象肯定是沙優。

我陰錯陽差地成了那孩子的依靠，於是必須照料她到最後，這確實是我的想法。

我不曾跟神田學姊提到沙優，她卻明白我有同居者，並且對其懷有愛惜之意。

但是──

但是，當時的我何嘗不是如此？我不禁心想。

「神田學姊，但我在當時也一樣對妳……」

「過去你是願意愛惜我的，對吧。我曉得啊。」

神田學姊揚起嘴角一笑，並且點了點頭。

「不過呢，吉田。」

學姊把長時間停留在鑽頭上的視線轉到了我這邊。

在她眼裡，寓有某種近似「死心」的黯淡光芒。

「那時候的你，要是聽到我表示『自己喜歡上別的男生了所以想分手』……大概會乖乖地答應分手，對不對？」

「什……咦……？」

我的腦袋乍然停止運作。

「學、學姊是因為喜歡上別人，才不跟我聯絡的嗎……？」

「呵呵，錯了，你想錯嘍。這是假設啦。」

學姊嘻嘻笑著搖了好幾次頭。

「你試著想像看看，讓自己回到那時候。假如我突然……而且是突然就要求的喔？

因為我喜歡上別人了，所以要分手，你聽了會怎麼做？」

「這……」

我絕對會受到打擊吧。原本以為交往順利的對象，突然表示喜歡上自己以外的人，肯定會讓我懷疑「以往的關係到底算什麼」？

不過……

要問到，我會不會毅然挽留……答案是否。

「……假如說，學姊真的想跟那個人交往的話……我想我不會阻止。」

「對吧！沒錯，沒錯。你就是這樣……」

學姊開心似的連連點頭，然後，目光瞬時又黯淡下來。

「吉田，過去你都愛惜著我。不過，在你心裡……對於『跟我在一起的幸福』絲毫沒有執著。我明白那一點……」

學姊的言語逐漸帶有鼻音。

「所以……我才會，逃離那段關係……」

話說完，學姊緩緩垂下頭，而我不知道該對她講些什麼。

儘管嘴巴開開闔闔，我卻什麼都說不出口，只會讓目光四處游移。

「假如……」

學姊依然將視線落在地上，並且告訴我：

「我能更清楚地向你表達……表達出『要對我抱持執著』……許多事情是不是會有所改變呢？」

學姊在膝上反覆將手指頭握了又放，放了又握，還一邊繼續說：

「即使你忙著練球，我依然要死纏爛打，直到你肯帶我來遊樂園……做愛時也是，當你準備戴保險套時，我就要一把搶過來，將套子剪成破破爛爛……只要我，表現得更明確……」

她的肩膀正在顫抖，那肯定是在哭泣。

「假如說，我有好好地向你表達……此刻，我們是不是還在交往呢……？」

話說完，學姊抬起臉孔，有一道淚水從她的眼梢流下，目睹的我內心隱隱作痛。

都已經結束了，原本我是這麼想的。

我跟她之間的關係……這段戀愛早就已經結束，而時間也洗刷了我們倆的傷口，一切都過去了，我是這麼想的。

我又對她的一切擅自斷定，然後，自己做出了總結。

烤肉時，學姊脫口而出的那些話，我都沒有深思，只是看到她雲淡風輕的態度……我就放心到了現在。

那些全都錯了。

如同我跟學姊重逢時曾回憶起往事而苦，在她的心裡，同樣念念不忘跟我的回憶，餘燼深埋於底。

即使過了十年，我還是這麼……不靈光。

這次，我非得說清楚才行。

「學姊，那妳就錯了……」

我總算開了口，並且告訴對方：

「當時的我是個傻瓜……心裡深信愛惜身邊的所有人，是一件要緊的事，完全不懂將『愛惜』專注於一個人，只愛惜眼前的那個人，有多麼重要。之前我都不了解，自己那種曖昧的態度，居然將學姊傷得最深。」

「可是，所以說，既然我明白那一點，要是當時我能夠跟你表達得更清楚……」

「當時的我們就是無能為力啊！」

我打斷學姊說的話，如此斷言以後，學姊眼裡又盈上了淚水。

「我不夠成熟……而且到頭來，學姊也沒有過問我的處世方式。當時，我們都缺乏勇氣對彼此介入得更深。」

過去，我也一樣有想法。我記得很清楚。

學姊總是讓人不知道在思考些什麼，在那一抹微笑的表情後頭，她對我究竟是怎麼想的呢？有好幾次，我都希望能向學姊確認。

但是……我辦不到。

因為我害怕明確問清楚。

她肯定也是。

對於過問我的處世方式這一點，她本身並不覺得可行。

就只是如此而已。

「所以、所以說……」

我的胸口深處也跟著熱了起來，淚水幾乎要奪眶而出。

「我們都是無可奈何的啊，在這段關係裡……」

講話變得有些鼻音，那令我害臊。這次換成我垂下頭，把臉藏了起來。

一回神，周遭已經變暗了，就連低著頭也能夠分辨，傍晚已過，即將入夜。

我們倆沉默以後，人們從火山搭雲霄飛車直衝而下的尖叫聲傳來了好幾次。

「……是嗎。」

經過幾分鐘的靜默，學姊語帶嘆息地說：

「原來，我們都無可奈何……」

「……嗯，沒有錯。」

「是嗎是嗎……」

她點點頭，然後挺身站起。

接著，學姊用冷冷的手，牽起我的手。

「好！我們再繞一圈！」

學姊嫣然笑了笑，還使勁拉我的手。

「噢噢……」

我被拉著從椅子起身，並且猛眨了好幾次眼，才定睛看向她。

跟我目光交接以後，學姊用食指擦去眼梢的淚水，接著咧嘴一笑。

「能在夜晚逛遊樂園，簡直太棒了嘛。這是屬於成人的世界。」

「……學姊說得對呢。」

「嗯！講話以後，腿也休息到了！」

開朗地說著這些的神田學姊，神情已經恢復平時的模樣。

切換速度如此之快，總是讓我看不清她的本質。

「那個，學姊……！」

「嗯？」

我一心急，於是叫住了匆匆準備邁步的學姊。

她回頭表示不解，在這個節骨眼，我卻完全想不出要說什麼。

基本上，我為什麼會把她叫住？

神田學姊看了把人叫住以後就當機的我，呵地笑了出來。

隨後，她毫不顧忌地湊到我身邊，手一伸，就用自己的指頭繞進了我的指縫。

「你還是想手牽手走路？」

「呃，沒有……」

我把嘴巴張了又閉以後，才認命地垂下頭。

「哎，好啊……乾脆就這樣吧。」

「呵呵，這樣終於像在約會了，對不對？」

「怎樣都好。我今天會奉陪到最後的，學姊。」

我說道，而學姊嘻嘻笑了笑，還使壞似的偏過頭。

「奉陪到最後，我們可以到什麼地方？賓館嗎？」

「請學姊不要亂說話。」

「你好古板喔，吉田。反正你又沒有女朋友，沒什麼關係嘛。」

「我不會跟女朋友以外的人上床。」

「正常來想，相隔好幾年才跟高中時親熱過好幾次的女人重逢，到賓館來一場情慾濃烈的性愛重修舊好，應該是合情合理的發展吧？」

「麻煩妳別在夢幻主題樂園裡提到親熱之類的好嗎？」

我們倆一邊拌嘴，一邊緩緩地走著。

可以感覺到學姊冷冷的手，正逐漸接近我這隻手的溫度。

從高中以後，我就沒有像這樣跟女性十指交扣了，因此我很不成熟地緊張起來。

不過……我明白，自己終究只是對當下的情境感到緊張。

儘管學姊提起了重修舊好，我卻可以體會到，她也明白那一點。

隔了九年，我們正在慢慢地重溫高中時希望實現的約會……那場已經無法挽回的約會。

我側眼瞥向神田學姊隨海風搖曳的捲髮，然後吸了吸鼻子，就這麼一次。

＊

「呼～實在累了呢。」

「結果我們又繞了一圈。」

「不過入夜以後別有氣氛，滿有意思呢。」

當我們將廣闊的園內又繞完一遍以後，太陽完全下山，已經入夜了。

再次回到巨大地球儀前的休息區，學姊脫下高跟鞋，正在揉腳踝。

「被鞋子磨破皮了嗎？」

「嗯～稍微有一點。我沒想到會走這麼多路，穿高跟鞋來是錯的。」

「學姊回程會很辛苦呢……」

要從這裡帶著傷口走到家，光是想像就覺得費勁。

然而，當事人卻若無其事地搖搖頭。

「不會，反正這雙鞋我不穿了，沒問題。」

「咦？」

「你看……噹噹～！我有這個。」

學姊在中途順道去了園內的禮品店。她在當時購物的提袋裡摸索，然後慢條斯理地從中拿出了顏色亮麗的平底涼鞋。

「我想到會有這種狀況，就多買了雙涼鞋。」

「啊……原來這是回家要穿的。」

我有看到學姊突然在禮品店買下涼鞋，卻認為貿然購物也符合她的作風，於是不覺得有什麼異樣。

「是啊是啊，改穿這雙鞋回家，腳跟就不會痛，萬事ＯＫ。」

「不過，高跟鞋成了行李耶。拿著嫌重吧？」

我這麼一說，學姊在猛眨眼以後，噗哧笑了出來。

「呵呵，這雙鞋用不到了啦。」

「咦？」

學姊無視於發愣的我，匆匆換上平底涼鞋，從椅子起身。

接著，她快步走向附近的垃圾桶，毫不猶豫地把黑色高跟鞋塞了進去。

「咦！等一下！」

見我急忙趕過去，學姊帶著一副「怎麼了嗎？」的臉色偏過頭。

「那幾乎是全新的吧！」

「啊～也對喔。」

「為、為什麼要丟掉呢……學姊穿起來明明很合適。」

我說完，學姊的眼神又稍微閃爍了。

隨後，她立刻像在掩飾什麼一樣地笑了笑。

「啊哈哈，能聽見你那句話，我覺得就夠了。」

「耶？」

學姊朝垃圾箱瞥了一眼，然後連連點頭。

接著，她緩緩地告訴我：

「因為……那雙鞋是買來跟你約會的。」

「……唔。」

「所以，已經不需要了。我不會再穿。」

我不知道自己該說些什麼。

買來跟我約會的鞋子。雖然她並沒有提到是「何時」買的，無意間，我依舊領會到了。

剛才進了垃圾桶的那雙鞋……肯定是我跟學姊之間，最後一項有形的回憶。

「這樣子，就全部結束了呢，吉田。」

「……學姊。」

「今天謝謝你。」

看到學姊咧嘴一笑，我終於承受不住眼底的熱流。

「……唔。」

發出嗚咽的我低頭以後，學姊便哈哈笑出聲音，使勁拍在我背上。

「我第一次看到你哭。」

「……我才要……謝謝學姊。」

我說完，學姊就溫柔地摸了摸我的背。

「嗯。」

然後，她只用溫柔的嗓音，說了這麼一句。

學姊始終帶著一抹淡淡的笑容，跟不成體統地哭出來的我一起從遊樂園離開了。

我們搭乘將幾座園區串連起來的單軌列車，前往可以轉搭回程班次的電車車站。

這段期間，我跟學姊一直都默默無語。

我想，我們都在回味彼此至今留下的回憶。

抵達車站的驗票閘時，學姊就停住腳步，揮了揮手。

「難得來一趟，我會在這附近找間旅館過夜。畢竟要回家也嫌麻煩。」

「……是嗎，我明白了。」

「嗯。你要記得回家，吉田。」

神田學姊說這些的表情平靜得嚇人。為了回應她，我也露出微笑。

學姊又一次緩緩地揮手。

「再見，吉田。」

她說。

而我也跟著站正。

「再見，學姊。」

回了她……這麼一句。

我朝著學姊轉過腳步，搖搖晃晃地不知道要走向何處的背影望了幾秒鐘，然後穿過驗票閘，朝月台而去。

當我準備爬上通往月台的階梯時……不由自主地回了頭。

眼前……並沒有打赤腳悄悄逼近的學姊。

「哈哈……」

我不禁獨自笑了笑，並且踏上階梯。

可以感受到視野正逐漸暈開。

不爭氣也該有個限度。

一切，都結束了。

我們重新來到這裡，達成了當時相識以後，未能實現的事情，於是這一次……我們確確實實地，結束了。

那一點實在令人落寞……而又讓我懷有近乎同等的自豪。

就這樣，我的青春……終於落幕了。

接著，我總算可以開啟「今後」的路途。

在我手上，仍留著學姊那隻手冷冷的觸感。

這股觸感應該也會在將來淡忘。

我如此心想……同時確認似的將自己的手緊緊地握住。

第15話 發燒

「吉田，今天後藤小姐請假，所以她交代有什麼事情要直接報告時，發個郵件過去就好。」

「咦，後藤小姐請假？有薪假嗎？」

「不是，聽說她發燒了。」

「咦咦……真稀奇……有點讓人擔心耶。」

再過片刻就是執勤時間，小田切課長來到我的座位，旨在轉達後藤小姐請假一事。

「我暫且明白狀況了。我想今天我這邊並沒有什麼事會需要向後藤小姐報告。」

「是嗎，我懂了。那今天也麻煩你了。」

目送課長回座位以後，我發出嘆息。

在我的記憶裡，以往後藤小姐好像從來沒有因為身體不適向公司請假過，因此感到稀奇的同時，也覺得有點擔心。

「這算頭一次吧？後藤小姐因為身體不適而請假。」

隔壁座位的橋本側眼看向我這邊搭話。

「就我所知，感覺一次都沒發生過。」

「反過來想，她五年來一次都沒有身體不適或裝病請假，倒是滿驚人的。」

「哎，的確……」

我身體也不差，因此不會老是發生病倒的狀況，即使如此，五年來仍然有幾次感冒向公司請假的經驗。

女性一個人獨居，而且五年來一次都沒有在平日病倒，可想而知她對身體健康應該有徹底的管理。

「前輩早安。聽說後藤小姐請假？」

回神後，就發現三島也來到我的辦公桌旁邊了。

「早。好像是。哎，那個人平時工作都相當賣力……至少今明兩天好好休養一下又何妨？」

聽我這麼一說，三島不知怎地微微鼓著臉，還噘起嘴唇給我看。

「假如我請假，吉田前輩絕對不會說這種話吧。」

「妳請假我就會先懷疑是裝病。」

「看吧！會不會太過分！」

我只是用玩笑話回應玩笑話，三島卻跟我發起脾氣。

我露出苦笑，並且偏了偏頭。

「不說那些了。有什麼事？妳來不是有東西要交給我嗎？」

「啊，是那樣沒錯。昨天下班前沒能提交的資料，我上傳到伺服器了，要麻煩前輩做確認。」

「了解。」

用公司內的通訊軟體就可以交代的事情，三島總是會親自過來通知我。

儘管我一再告訴三島「傳訊息就好」，卻沒有改進的跡象，這已經算是她的一種堅持了吧。

在當事人已有定見的領域，別人再怎麼講也沒用，對此我便決定把想法轉換成主動去適應對方的方針了。

我側眼看著三島回座位，並且在電腦上啟動作業軟體，準備開始進行業務。

在這個「啟動作業軟體」的步驟間，我會將腦袋逐步切換到「要上工嘍」的模式。

然而，彷彿要打斷這個例行程序，我放在口袋裡的手機震動了。

一拿出來確認，便發現有簡訊軟體的通知顯示在畫面上。

來訊者……是後藤小姐。

「咦……？」

我急忙滑動畫面確認內容。

『我今天向公司請了假，對不起。』

『上次發燒是好幾年前了，身體活動起來比我想的還要不便，傷腦筋。』

『可以的話，下班後能不能請你順道買些東西到我家？』

『不用勉強沒關係。』

讀完這段文章，我緊張得身體僵硬，還感覺到自己猛冒汗。

的確，成年後感冒比想像中還要難受，連活動身體都很勉強，這我可以理解。要張羅食物、飲料及各類東西並不方便，也是可以理解的。

然而我不懂的是，「為什麼會找我？」這一點。

假如我跟後藤小姐是情侶，發展成這樣倒是很自然，但我們目前還沒有那層關係。

呃，雖然說，我已經聽過後藤小姐的心意了，因此以意中人而言，或許我就是那個符合條件的男人……

就算是這樣好了。

把尚未交往的男人叫到家裡，未免有些不當心吧？

不不不，可是。

被後藤小姐甩掉的那天，我也曾藉酒力講出「要不要來我家？」這種跳過好幾個的階段的話，因此就這一點而言，我好像也沒有立場說別人。

話雖如此——

懷著歪念頭到後藤小姐家想必也說不過去，即使她想要的是我，對方仍有病在身，又不是我的女朋友……

思緒運作飛快，內容卻十分錯亂，到最後連我都不曉得自己在想什麼。

「怎麼了嗎？」

隔壁的橋本看我突然當機，倏地探頭想一睹我的手機畫面，而我急忙把那塞進了口袋。

「沒事！」

「……你的模樣顯然不像沒事耶。」

「呃，不要緊。真的。」

「你是被沙優念了什麼嗎？」

「哎，差、差不多啦。」

基本上，平時不會有沙優以外的人傳訊過來，拜此之賜，橋本猜測的方向似乎偏到她那邊了。

橋本的模樣並未心服，但是他大概知道我無意多談這個話題，於是沒有繼續追究。

後來有一小段時間，我照常準備工作，接著匆匆去了廁所。

我進入隔間，拿出手機。

『妳還好嗎？如果公司這邊下班以後，妳還是覺得身體難受，我會過去探望。』

嘟噥幾分鐘以後，我把這段文字傳送出去了。

我想都沒有想過居然會以這種形式到後藤小姐家，因此今天好像完全沒辦法專注於工作了。

我趕回電腦前，做了深呼吸，要求自己保持平常心，又做起今天的工作。

＊

「吉田前輩，辛苦了。我這邊已經告一段落……你、你那邊怎麼樣呢……？」

「看不出何時能夠結束……」

偏偏在這種日子……工作堆積如山。

三島完成了自己的工作排程，在準時下班的前一刻戰戰兢兢地靠近我的辦公桌。

因為只要看過公司的內部訊息，就會曉得我跟橋本的排程滿到離譜吧。

「有沒有什麼我能幫忙的事？」

三島說是這麼說，不過老實講，關於今天剩下的業務，與其交給她處理而導致後續出現二度校正、三度校正，還不如將內容都分派給掌握規格的成員相互確認，完工速度會比較快。

「呃，今天不用了。妳可以先下班。」

我告訴三島，而她過意不去似的低頭行禮以後，說了一聲「前輩辛苦了」。

很明顯地，三島一邊走回座位，一邊仍頻頻偷瞄我跟橋本這邊，而我目送她之後，又把視線轉回電腦畫面。

糟糕。

我跟後藤小姐說過，下班後會去她那裡，然而從剩下的排程來推算，這要一路忙到末班電車即將發車才能回家了。

在這個業界，業主會促退件，又在同一天接獲故障回報，使得工作排程突然暴增的狀況比比皆是。

而那偏偏就發生在今天。

去不了後藤小姐的家，令人遺憾……哎，個人的想法姑且擱一邊，我實在不忍心對久久才病倒一次的人置之不理。

在我收到訊息時，應該就表示後藤小姐沒有拜託其他人。除了我以外，公司裡今天手邊有空，去後藤小姐家也不成問題的員工要到哪裡找……

思考到這裡，我蹦也似的從椅子上起身了。

「三島！」

「咦！」

我叫了在自己座位收拾東西的三島。她受驚似的肩膀一顫，然後看向我這邊。

「有、有什麼工作要派給我了嗎？」

「有！」

說完，我帶著三島到了辦公室外頭。

＊

我從來沒有對家裡並未儲備食物這一點如此後悔。

明明沒用什麼特殊的方式保養身體，但自從出社會以後，我幾乎沒有病倒過。可以說這次反而就是栽在這一點上面。

即使說發燒讓人感到渾身倦怠，一整天什麼都沒吃依舊會餓。

我一直有反胃的感覺，卻分不出那是因為空腹，還是源於發燒造成的噁心感，只能任由身體方面的壓力逐漸累積，

想煮稀飯首先得有米，而我又完全提不起力氣去買。

「唉……」

我從床鋪上翻身，並且嘆氣。

由於上午一直都在睡，到了太陽開始西斜的時候，即使橫躺也睡不著了。

我拿起擺在枕邊的手機，打開通訊軟體。

點擊「yoshida-man」這個位於聊天名單最上面的名稱，我跟吉田的對話紀錄隨即顯示而出。

『妳還好嗎？如果公司這邊下班以後，妳還是覺得身體難受，我會過去探望。』

看見這行文字，我的嘴角便自然而然地微微上揚。

早上，我察覺自己發了高燒，跟公司聯絡以後，心裡第一張浮現的臉孔就是吉田。

一旦生病，任誰都會有依賴心，這是我在電視上聽過幾次的說法。然而我成年以後幾乎沒有生過什麼大不了的病，也就沒有被點通。

不過，一陷入這種處境，我便領悟到那樣的說法比想像中還要「字字屬實」。

生病要請人來照顧，交情沒有親密到一定程度就難以啟齒，而我的父母也不是住在隨傳隨至的地方。

在公司外頭仍跟我有交流的人，全是公司裡擔任幹部的人士，令我訝異的是，當中「沒有組成家庭」的就只有我。總不可能找個有家眷的人來獨居女性的家裡。

我在內心找了重重藉口，謹慎考量過字面以後，才與吉田聯絡。

訊息立刻顯示為已讀，隔幾分鐘便收到了那段回應。

收到回應後，我每次睡醒就會茫然望著那些文字，然後再度入睡，周而復始。

平日我在公司都忙得團團轉，因此非假日待在家中床上躺著，心裡難免不自在。

話雖如此，有好幾次我試著起床，身體卻仍疲倦得什麼都不想做，而且沒有躺著靜養的話，感冒難保不會惡化。

「成年人休假……真閒……」

高中時，發燒向學校請假讓人有種說不出的雀躍，這我記得很清楚。

難受的只有早上，到傍晚時就退燒了，還可以跟送課堂講義來家裡的要好同學談笑一陣子。

我深刻體認到，那都是年輕才有的感覺。

久違的感冒，比回憶中的「感冒請假」難受好幾倍，再怎麼睡都沒有好轉的跡象，就只有「什麼都做不了的時光」一直延續下去。

「吉田，你能不能快點來呢……？」

「……？」

伴隨這樣的嘀咕，我又看了一次手機畫面，正巧這時候發出了有通知的震動。

通知來自於簡訊軟體，來訊者卻是從未見過的帳號。

我點開訊息內容，結果更加目瞪口呆。

『我是三島，從吉田前輩那裡得知了後藤小姐的聯絡方式。』

一看時間，剛好過下班時間。

我還來不及思考這是什麼狀況，下一句訊息就送到了。

『由於前輩今天工作排程塞得滿滿的，似乎沒辦法回家，請問改由我過去府上探望可以嗎？』

我當機了幾秒鐘，然後忍不住噗哧笑了出來。

「無法盡如人願呢，真的……」

嘀咕後，我點了點畫面，寫起給對方的回應。

*

「唔哇，高層公寓耶……這不是一個人住的地方吧……」

依循導航來到指定的地址以後，只見有座高層公寓聳立在眼前。

原來真的會有人在高層公寓獨居……伴隨這樣的想法，我心裡也湧上一股疑念……

對方總不會坦承「其實我已經結婚了」之類的吧。

不過，若是已婚的話，應該有丈夫可以照顧她，而且當對方答應由我代替吉田前輩過來探望時，就可以想見她確實是一個人住才對。

「唉……心情沉重……」

她其實是想讓吉田前輩照顧的吧，我不曉得自己到底該用什麼樣的表情見對方。

因為自己不能來，只好派身為女性的我代替，一聽就覺得是符合前輩作風的思維，這當中卻完全沒有顧慮到我的心境，實在令人惱火。

……抱怨歸抱怨，依舊把這件事答應下來的自己，也一樣令人惱火就是了。

感冒藥，還有即食的稀飯調理包、水果果凍、運動飲料以及冷敷貼。

雖然病人會需要的東西大多買來了，但不曉得夠不夠。

我下定決心，穿過公寓入口的自動門。

在另一扇自動門前，設有只附了樸素按鈕的銀色面板。這種「明顯擺闊」的調調，讓性格惡劣的我看了非常不順眼。

我一邊皺眉頭，一邊輸入簡訊裡所寫的房間號碼，然後按下「呼叫」鈕。

從面板傳出門鈴聲，隔幾秒鐘後，便聽見耳熟的聲音應門說：「來了。」

「我是三島，帶東西過來探望了。」

「謝謝妳專程過來。我現在就開門。」

從小小喇叭的另一端，傳來了後藤小姐明顯虛弱的嗓音，藉此我再次確認到「啊，她真的是病人耶……」這件理所當然的事情。

內側的自動門立刻隨著電子音效開啟，我順利進到電梯所在的入口處，便按了按鈕等候。

看向電梯的樓層顯示，電梯居然是從「24F」降下來的。我從站在公寓前面時，就明白這裡是高層公寓，然而重新目睹秀出的數字，卻還是無奈地冒出了「是公司大樓嗎……」這樣的嘀咕。

電梯下來一樓了。搭進去以後，按鈕之多嚇倒了我。

按鈕多達二十八樓。我從中按下七樓的按鈕。

由簡訊得知後藤小姐的地址時，我便心想……她住的樓層還真高呢，然而聽到那是二十八層樓當中的七樓，又會覺得偏低，這就是數字裡的玄機。

抵達七樓，我確認簡訊，從數目比想像還多的房間裡，找出了與簡訊所述吻合的門按下門鈴。

門立刻開了，模樣明顯虛弱的後藤小姐從中探出臉孔。

「歡迎。謝謝妳，真的。」

「妳還好吧？我買了許多感覺會需要的東西過來……」

「得救了……來，進門吧。」

後藤小姐使勁將門大大地推開，我便稍稍點頭行禮說「打擾了」，並踏進後藤小姐

家裡。

我在玄關脫下鞋，跟著後藤小姐從廊上走過。走廊長度感覺不像一個人住的屋子，途中還有好幾扇門。

穿過走廊，走進開著的門，裡頭是客廳，附有吧檯式廚房的寬廣客廳。含廚房在內看起來有十七、八坪。

「好寬廣……」

見我忍不住咕噥，後藤小姐一語不發地嘻嘻笑了。

「一個人住在這裡，不會覺得寂寞嗎？」

面對我的問題，後藤小姐幾乎是即刻點頭。

「會啊。發燒以後更覺得寂寞。」

「對不起喔，來的人是我。」

「呵呵。」

我說了露骨的風涼話，後藤小姐也毫不介意，還舉起單手望向我提著的購物袋。

「我也要謝謝妳買東西過來。有發票嗎？」

「有啊，我姑且留著……」

我找出塞在購物袋裡的發票，然後交給對方。後藤小姐看完金額點了點頭，接著從擺在客廳桌上的錢包掏出了五千圓鈔。

「來，給妳。」

「咦，我沒有花這麼多錢唷？」

「答謝妳過來的路費也包含在內啊。」

「妳應該不是希望我來吧。」

我為難似的搖頭，而後藤小姐嘻嘻笑了笑以後，就硬把鈔票塞給我了。

「我確實希望吉田能過來，不過那主要是因為我什麼都無法自理。謝謝妳來這裡。」

聽對方毫無芥蒂地這麼說完，我一邊對自己扭曲的心理感到有些慚愧，一邊向對方點了頭。

「那就謝嘍……」

我含糊說道，並且收下了鈔票。

後藤小姐微微一笑，從我手上接過塑膠袋，看了看裡頭。

「哎呀，妳真的買了許多東西來呢……得救了……」

後藤小姐把裡頭裝的東西逐一拿出來。

「啊，有稀飯……」

發現有即食包裝的稀飯，她嘀咕。

「妳今天吃過什麼了嗎？」

我反射性地問道，後藤小姐幽幽地搖頭。

「家裡都沒有東西可以吃……」

「妳從早上就什麼都沒有吃嗎！」

「是啊。」

「還說是啊……」

我側眼看著後藤小姐一邊點頭，一邊在餐桌旁的椅子輕輕坐下，再次確認到她真的相當虛弱。

在辦公室的她，固然沒有給人生龍活虎地忙個不停的印象，但我對她倒有身段優雅，動作又毫不累贅的印象。

而那樣的她，現在正無力地坐在椅子上，一副明顯疲乏的模樣。從她的性格來想，顯然並不屬於「會希望特地讓別人看見自己這副姿態」的類型。這表示後藤小姐肯定已經虛弱得沒有餘裕在公司的後進面前擺架子了。

「……不嫌棄吃稀飯的話，我可以幫妳煮。」

「真的嗎！好高興喔，居然能讓公司裡的可愛後進幫我做飯。」

「請不要消遣我啦……白米放在哪裡？」

面對我的問題，後藤小姐像鳥兒一樣地把頭偏了偏，然後喃喃回答：

「……沒有耶。」

「……原來如此，沒有米是嗎？」

我一面訝異她的答覆，一面在廚房四處張望，的確，在擺電鍋的廚櫃底下，我發現有個空空如也的儲米桶。

「不巧遇到桶子裡空空的時候呢。」

「呃，我好像從幾個月前就沒有裝過米了……」

「咦咦……一直吃外食嗎？」

「有吃外食的時候，也有買回來吃的時候……」

「虧妳這樣還能在以往都沒有感冒過耶……」

見我傻眼地呼氣，後藤小姐困窘似的聳了聳肩。

「就是說啊。遲早要養成自炊的習慣才對……我大概從六年前就這麼想，到現在卻還是辦不到。」

「哎，後藤小姐妳顯然是工作繁忙。」

「話雖如此，依然有人工作忙也一樣自炊的啊？」

「要跟有能力的人比會比不完喔。」

我一邊說，一邊將目光落到從塑膠袋拿出來的即食稀飯。

……實際上，我並非完全都沒有在家自炊，然而要問我是不是每天都有確實做到，那就不好說了。

嫌麻煩的日子，我會買超商的現成品了事，外食過後才回家的狀況也多有所在。連幾乎準時下班的我都這樣了，後藤小姐擔任幹部為公司賣命工作，理應身心俱疲的她更會嫌自炊麻煩吧。

畢竟後藤小姐是公司幹部，支取的薪水鐵定比我多，既然她有錢，或許外食次數會增加也是在所難免。

話雖如此——

我拿著即食稀飯的調理包環顧廚房，並露出苦笑。

著實如她所說，簡直找不到任何自炊過的蛛絲馬跡。明明有三口瓦斯爐卻什麼廚具都沒擺，也沒有類似油漬的痕跡。與其說是「打掃得乾乾淨淨」，「未使用」的印象更為強烈。

流理台也就擺了一兩個裝著水的茶杯及馬克杯，除此之外找不到其他餐具。

瓦斯爐、流理台……像這樣依序看過去，目光自然就落到廚房角落……那裡擺著用透明大垃圾袋打包的大量Highball調酒空罐……

「等等，請妳別盯著我家裡打量好嗎？」

「哇！對不起！」

突然有人從旁邊出聲，嚇得我身體蹦了起來。而且我並沒有惡意，卻還是自然而然地開口賠罪。

「空罐子累積了滿多呢……雖然我都有洗過。」

後藤小姐似乎緊跟著我的視線，我什麼都還沒有說，她便口齒含糊地講了這些。

「請問，妳常喝酒嗎？」

我無心間試著這麼一問，後藤小姐不知怎地就臉紅承認說「還好」。

「呵。」

我的嘴上不禁露出笑意，而後藤小姐瞪圓了眼睛，然後擺出顯而易見的憤懣臉色。

「妳那是什麼表情嘛～！」

「不不不，我覺得自己第一次見識到後藤小姐有人味的部分。」

「那又是什麼意思！」

我斜眼看著氣呼呼的後藤小姐，心思再度擺回即食稀飯上面。

看調理包背面，有記載用微波爐加熱以及用鍋子加熱的兩種烹調方式。

用微波爐加熱顯然比較輕鬆，可是我對「微波爐」這項道具卻不太信任。尤其是在加熱液態食物時，即使照指定的秒數操作也會嫌不夠熱，或者反而熱過頭讓嘴巴燙傷，實在有欠靈光。不過，或許只是因為我用的微波爐太廉價的關係……

總之，既然我打著「照顧病人」的名義而來，要是連一包即食稀飯都不能煮到溫度適中，光想就令人憂鬱了。

因為這樣，我刻意將視線遊走於廚房裡頭，之後才對後藤小姐問：「請問鍋子放在哪裡？」

面對我突然轉移話題，後藤小姐一瞬間愣住了，之後就開始在廚房徘徊說：「是放在哪邊呢……」

後藤小姐蹲了下來，將廚房系統櫃底部的置物空間逐一打開，而我無心間望向她，發現從胸口開敞的家居服裡，幾乎快蹦出來的胸部正在主張存在感。

「後藤小姐……妳總不會穿成那樣開門領包裹吧……？」

聽我忍不住這麼問，後藤小姐突然抬起視線，看了我的目光落點，接著有些害羞似的用一隻手臂遮在胸口前面。

「那還用說。我是成年人了，不會丟自己的臉。」

「也對……剛才我還有點擔心。」

「擔心什麼啊？」

「哎呀，從高層公寓的其中一戶，有獨身女性穿成那樣出來領包裹的話……感覺上不是滿像成人影片嗎？」

「呵，什麼話，在虛構的情色故事裡才有那種情節吧。」

後藤小姐一笑置之。但是從我經常聽橋本前輩跟吉田前輩聊天的內容來判斷，吉田前輩似乎也非常迷戀那對凶猛的胸部。

她鐵定也了解自己那個部位對男性有「奇效」吧，看她笑得狀似滿不在乎，我心裡就有些疙瘩。不過，這顯然是嫉妒心理，因此我努力克制自己的情緒。

有幾次，我想像過「假如自己也有雄偉上圍的話」，不過那樣的空談，設想得再多也沒用。

「啊！有了有了。」

後藤小姐從廚櫃裡鏗啷抽出了單柄鍋給我看。

「用這個可以嗎？」

「好啊，就用那個。謝謝妳幫忙找。」

我從後藤小姐手裡接過單柄鍋，並且嘩啦嘩啦地注入自來水。讓水在鍋裡轉上幾圈以後，再倒到流理台。這是為了洗掉薄薄地積在鍋底的灰塵。

果然這只鍋子也幾乎是全新的，看不出用過的痕跡。

我看，八成是入住時覺得「應該有必要」就買了，結果她卻沒有在家自炊……東西會不會是這麼來的呢？

把鍋子放上瓦斯爐，按下開關。在節奏輕快的咯嚓聲響出現後，一圈藍色的火焰旋即點著了。

我們倆站在一塊，朝著擺上爐火的鍋子望了幾秒鐘。

這種狀況讓疑問源源地湧現，我不禁笑了出來。同一時間，後藤小姐也笑了。

「總之，妳要不要在水煮開前先坐著？畢竟是病人嘛……」

「我會的。」

「要喝寶礦力嗎？」

「要。」

跟在公司的對話略微不同，後藤小姐的每句話都顯得委靡，讓我有一絲親切感。

果然，我比較喜歡用本色講話的人。靠「完美表象」自我武裝的人則讓我吃不消。平時的後藤小姐明顯屬於後者，因此我不會想積極跟她交流。

換成現在，多少可以互道真心話吧，我心想。

「……老實說，吉田前輩拜託我代為過來探望時，我嚇都嚇傻了。」

我一說，坐在餐桌小口小口地喝著運動飲料的後藤小姐就茫然地看了過來。

「妳嚇傻了？」

「就是啊。畢竟吉田前輩根本不懂妳找他來的意義。」

「呵呵，原來如此，妳是這個意思啊。」

我說完以後，後藤小姐便嘻嘻笑著點了頭。

「哎，的確。坦白講，我是有跟吉田撒嬌的想法。」

「對嘛。」

「要不是這種時候，我也沒有機會跟他真正地獨處。」

話說到這裡，後藤小姐微微嘆了氣。我側眼看著她那副模樣，於是發出了比她更大的嘆息。

「像這種時候，吉田前輩應該要說『再晚我都會去探望！』才對啊。他把男子氣概發揮在不必要的地方，碰到這種時候就不爭氣。」

「唔嗯～那不好說吧。」

後藤小姐把裝了約一半運動飲料的杯子擱到桌上，還用手指觸摸杯緣。

「我想，吉田更重視我身體不適這一點，難道不是嗎？」

「……哎，應該是那樣沒錯。」

「何況他也會想到，太晚過來的話，錯過末班車就傷腦筋了吧？」

「一般來想，到喜歡的人家裡，不是都會希望錯過末班車嗎？」

「一般或許是那樣啦，一般的話。」

後藤小姐講話時明顯在強調「一般」這個詞，還嘻嘻笑了笑。

沒錯，吉田前輩並不一般。我和後藤小姐肯定都是被他的那種特質所吸引，可是這次的事情，連我都不得不感到心煩意亂。

明顯有機會跟意中的女性獨處，哪有人會因為有工作要忙就派公司的後進過來啊？

我正是懷著這種想法到了這裡。

我之所以沒有回絕，是因為吉田前輩實在拜託得太過認真。

當我思索這些時，鍋子裡的水面便開始波瀾起伏，溫度正逐漸上升。

「我說，三島。」

忽然有聲音叫我，讓我嚇得抖了一下才看向後藤小姐那裡。

「妳移情在許多事上面，似乎很辛苦。」

「咦？」

我發出詫愕的聲音，而後藤小姐又嘻嘻笑了。

「我沒說錯吧。對妳而言，就算賭一口氣，也會希望阻止吉田來這裡不是嗎？」

「話、話是那麼說沒錯……」

「不過，妳卻在對沒有來這裡的吉田生氣。妳在氣他不以自己的慾望為優先吧？」

對方這麼一說，我無話可回了。

的確，如後藤小姐所說，我生氣的就是那一點。

每次都這樣，吉田前輩總是將眼前「有困難者的處境」優先於自身慾望。而且，他對此並沒有任何疑問或不滿，這令我極度惱火。

不惜犧牲自己的幸福，也要為別人奉獻的心，以及對此感到滿足的怠惰性情。

明明是喜歡的對象，我卻對他的那一面非常厭煩。

原來喜歡跟討厭，是可以並立的。

「三島，或許吉田跟妳滿相像的呢。」

「……請問這話是什麼意思？」

我問道，而後藤小姐將目光稍稍往上，瞟了我這邊。這大概是她的習慣。

當她有某種把握時，講話總是會擺出這副臉色。她這種臉色讓我吃不消。

因為我可以想像得到，接下來她拋出的話，會精準地挖開我的心。

「我的意思是，三島妳也總是考慮別人比考慮自己多。」

「沒有那種事喔。我把自己的幸福擺在第一。」

「會嗎？那樣的話，我想妳就不會氣今天的吉田了。『幸好吉田前輩和後藤小姐沒有獨處！』妳會因為這樣而感到滿意，然後就結束了。沒錯吧？」

「這……」

「我敢肯定，妳宏觀過頭嘍。」

後藤小姐這麼說完，又用手指撫弄了杯緣。

「妳呢，比吉田還要缺乏『當事者意識』。對於人與人之間的關係，還有發生的事，妳都會抽離自己進行宏觀。其間『感情和行動的失調』更讓妳介懷不已。」

「才沒——」

我能斷言沒有那種事嗎？

這樣的思緒一瞬間閃過腦裡，我頓時說不出下一句話。

「之前，妳對我發過脾氣，對不對？妳說我什麼都不做，默默地看著自己錯失想要的結果。」

「……沒錯。」

她的言外之意，我已經懂了。但是，我什麼都說不了。

鍋裡的開水開始咕嘟咕嘟地冒出小小的氣泡。

「對我講那些話的妳，有像自己說的一樣，認真去爭取吉田嗎？」

一如預想的質疑拋了過來，使我噤聲不語。

因為，我無話可回。

我原本以為，我對自己的「這種特質」也很了解。

我的慾望，對我而言無疑是寶貴的。

可是，正如我有慾望，別人也一樣有慾望，而我不覺得自己有權利去加以侵害。

我認為每個人都可以追求己欲，也認為沒有人可以去刻意干擾。

然而，那樣的思維，在「追求己欲」這條路上，可以說與目的彼此相反。

所以我有時候會陷入自我矛盾，只得獨自體會那種痛苦，別無他法。

我明確地了解，吉田前輩的眼裡並沒有我，而我正逐漸承認那一點。既然如此，自己該怎麼做呢？我一直在思索。

「我、我……」

當我連要講什麼都不確定，就開口的時候——

「鬧妳的啦～！」

後藤小姐便耍寶似的聳聳肩，對我笑了一笑。

「我怎麼可以欺負來照顧病人的女生呢。」

她這麼說著，從餐桌前的椅子起身，接著來到我身邊，探頭看了鍋子。

「熱水，燒開了呢。」

「……是啊。」

我微微嘆氣，然後捏起即食稀飯的包裝袋，緩緩放進了煮滾的開水當中。

一旁的後藤小姐看了，喃喃說道：

「這樣的話，我好像也會做。」

簡單明快的感想，讓我忍不住笑出來。

「呵，那麼之後可以請妳自己弄嗎？打開包裝用盤子盛起來就好。」

「不要，都到這一步了，我想全部交給公司的後進處理。」

「什麼話嘛。」

「我就是想撒嬌才求救的啊。有這點要求沒關係吧？」

後藤小姐以有點嬌滴滴的嗓音這麼說，還對我嘻嘻笑。

接著，她態度一改，用了穩重的語氣告訴我：

「謝謝妳過來。原本一個人在家，我真的覺得很無助。」

「……是的。哎……既然這樣，幸好我有來。」

「呵呵。」

難得聽人坦率道謝，我有失本色地稍微害羞了。見我喃喃回話，後藤小姐貌似被逗樂地笑了。

轉眼間便經過稀飯指定的加熱時間，我捏起包裝袋的一小角從鍋子拿出來，用冷水沖了一下袋子表面。要不然會因為太燙而撕不開。

我小心地撕開包裝袋，後藤小姐拿來了尺寸合適的盤子，讓我把稀飯倒進盤裡。

明明完全沒使用，卻買齊了整套廚具和餐盤，總覺得很符合她的作風。

「好，完成了。」

「呵呵，三島親手做的稀飯呢。」

「這是即食調理包啦。」

「是那樣沒錯。不過，感覺好棒。」

後藤小姐這麼說完，隨即像少女一樣地笑了。原來她也有這副笑容，我心想。

「上次有人為我作飯，已經是待在老家時的事了。」

後藤小姐一邊說，一邊貌似興奮地用雙手捧著盤子，喜孜孜地朝餐桌走去。

接著她又在餐桌就座，並將雙手合十。

「我開動了。」

後藤小姐用湯匙舀起稀飯，朝著熱呼呼地冒著蒸氣的那口飯吹涼。

然後，她緩緩地把那送入口裡。

細細咀嚼後，她笑逐顏開，模樣嬌憐得令人吃驚。

「嗯，好好吃。謝謝妳嘍，三島。」

「……我說過了，那是即時的調理包。」

她那副美得令人生厭的笑容，讓我忍不住別開目光，搔了搔鼻尖來掩飾害臊。

假如吉田前輩看見後藤小姐的這種表情，可想而知又會更喜歡她吧，從這層意義來考量，真的幸好今天是由我過來，我心想。

「呵呵呵。」

而後藤小姐盯著我，使壞似的笑了笑，然後說道：

「三島，妳果真很可愛。」

聽她那麼說，我不由得板起臉孔。

「……後藤小姐，我果真受不了妳。」

聽我這麼一說，後藤小姐就將眼睛瞪得圓圓的，況且還由衷開心似的嘻嘻笑了起來。

「我可是喜歡妳的喔？」

「拜託別講這種話，我說真的。」

見我使勁甩手搖頭表示排斥，後藤小姐笑得更樂了。

看她那樣，我也覺得自己對她的厭惡似乎少了一點。

雖然說，真的只有一點點。

第16話
小説

坐在我對面的麻美，從幾分鐘前就昏昏沉沉地打起瞌睡了。

我遲疑過要不要出聲叫她。然而麻美看起來明顯累了，我便決定把視線放在自己的教科書，暫時放著讓她睡一會兒看看。

我忽然好奇時間，點開手機畫面一看，下午五點多了。

換句話說，從我一如往常地跟麻美舉行讀書會算起，只過了兩個小時多一點。

平時麻美可以輕鬆保持專心長達三小時，用功到一半打瞌睡是相當罕見的。

麻美上學都沒有請假，每週打工還會排三、四次的班。我卻覺得她總是活力充沛，不過偶爾也有積勞成倦的時候吧。

從她勤勉的個性來想，放著讓她睡似乎會在之後挨罵：「為什麼不叫醒我哩！」但希望讓她休息的念頭還是更勝一籌，我便再次運筆朝手邊的筆記本寫了起來。

今天，我在進修自己不太擅長的「數學Ⅱ」。文組科目有不懂的地方，問麻美就可以得到相當仔細的講解，因此我大多都讀得通，然而數學這一科麻美也不擅長，吉田先生又只會說「全都忘光了」，所以我真的只能自學。

「複數……是實數的延伸。」

我用細微的音量嘀咕，並瀏覽參考書裡的解說。

從以前還在高中上學的時候，我就不擅長理組科目。在熟記公式，並且套入問題的過程中，我怎麼也參不透「為什麼用這道公式就解得出問題呢？」而我不懂那一點的話，就會絆在「要怎麼把問題裡的數字代入公式呢？」這種最開頭的環節。

簡而言之，我念數學就要從「理解公式的意義」開始學起。

「唔嗯～……原來如此？」

我讀著說明，明明沒有多深入的理解，卻還是先在嘴裡嘀咕「原來如此」。用功就是由這一步開始。

「嗯……啊～」

突然間，原本在對面垂著頭的麻美抬起了臉龐，還用渙散的目光看過來，我便跟著抬頭，看向她那邊。

「妳醒啦？」

「為什麼不叫醒我哩……」

一如預料的發言，被麻美用超乎預料的疲軟語氣說出口。我忍住差點泛上的笑意，搖了搖頭。

「妳明顯累了嘛。要不要小睡一下？」

我一說，麻美便帶著依然恍惚的表情，軟綿綿地發出了「啊～」的聲音回話。

「嗯，就那樣好了。」

她難得順從地點頭，闔起參考書，然後趴到了桌上。

「要隔多久才叫妳起來？」

我問道，而麻美仍趴在桌面，回答我：「三十分鐘……」

「知道了。晚安。」

當我這麼回答的時候，麻美已經發出了細細的鼾聲。看來她真的是累了。

我盯著麻美的髮旋，凝望了幾秒鐘。

「來用功吧……」

然後，我又將目光落在參考書，一次又一次地重讀用國語書寫，看起來卻像咒文的「公式解說」。

＊

在我讀著解說，嘟嘟噥噥地設法解完一道例題的時候，太陽已經下山，房裡也變得昏暗。

「啊。」

我解題不小心比想像中還要專注，於是急忙用手機確認時間，原本預定要叫醒麻美的三十分鐘早就過去了。

然而，麻美一度趴下以後，便動也不動地以規律的呼吸熟睡著。

該不該叫醒她呢？我猶豫起來。

既然麻美本人交代過要把她叫醒，應該是叫醒她比較好，然而正如我一再重申的，她在用功時像這樣睡著是件稀奇事。有鑑於麻美如此疲倦，我實在提不起意願伸手去搖她的肩膀。

「……再三十分鐘。」

再三十分鐘就好，讓她繼續睡吧。

我一面這麼想，一面悄悄起身，將房裡的窗簾緩緩……拉上，並打開房間裡的燈。幸好麻美是趴著睡的，假如她仰臥在地毯上，開燈就會讓她醒過來。

由於我大致曉得解法了，再做一題看看吧……當我準備將視線擺到筆記本時，忽然發現麻美擺在身旁的成疊筆記當中，只有一本比其他都還要皺巴巴的。

「嗯……？」

我瞄了麻美一眼，然後悄悄伸手，從整疊筆記裡抽出那本皺皺的筆記。

水藍色的橫線筆記本。封面上什麼也沒寫，我別無用意地把那翻了開來。

結果，目睹密密麻麻地用手寫在那一頁的成串文字，我慌忙闔上了筆記本。

我實在太慌忙，使勁闔上筆記時就發出了「啪」的聲音。而且那股力道使得桌子受了微微震動。

「嗯……」

麻美似乎讓那點震動喚回了意識，於是動了動身體，緩緩地抬起頭。

「咦……房裡開燈了……」

麻美瞇著眼睛說道。

「早、早安……」

「早……我該不會睡了滿久吧……？」

「大、大約四十五分鐘？」

「唉唷~……不是跟妳說三十分鐘後叫醒我……嗯……？」

恍神的麻美將眼光朝向我手上的筆記本，接著，我可以清楚看出她的意識慢慢地清醒過來了。

「沙優妹仔……那本筆記……」

「對、對不起！」

我連忙把筆記本遞向麻美，並且低頭賠罪。

「因、因為這本筆記用得比其他的舊了很多，我感到好奇，無心間就翻開來看了！我、我並沒有惡意就是……！」

見我用了連自己都感到訝異的快言快語這麼辯解，麻美反而貌似困惑地露出苦笑，搖了搖頭。

「呃，看了也沒什麼關係啦……」

麻美一邊從我手裡接過筆記，一邊用上揚的目光瞟了過來。

「那個……妳、妳看了內容嗎……？」

「只稍微看了……第一頁……但是我並沒有細讀內容喔！」

「是、是喔是喔……」

麻美生硬地點頭以後，迅速翻了翻筆記，接著就把那闔上了。

「唉……妳、妳想嘛……這個……」

麻美毫不掩飾那從未展現過的失措模樣，還讓目光在桌上飄了一陣子，然後才說：

「我就是……嘗、嘗試寫了小說啊。既然志在成為小說家……都沒有試著寫的話，說起來……不是很奇怪嗎？」

「對呀，對呀……！真、真的對不起喔……我擅自翻開來看……」

「不會，沒關係，沒關係。」

麻美逐漸取回冷靜。

沒錯，筆記本裡，有她密密麻麻地親手寫的創作小說。

在瀏覽第一行的時候，我立刻就發現那是小說。所以，我心慌了。

至少我還明白，那並不是未獲允許就可以擅自閱讀的東西。

「沙優妹仔……話說，妳會讀小說之類的嗎？」

麻美狀似有些扭扭捏捏地問我。

「唔嗯～……最近都沒有，不過……呃，上高中的時候，我想算是讀得滿多。」

是的。離開北海道以後，在經濟上又缺乏寬裕，而且生活變來變去讓我暈頭轉向，就完全沒有閱讀的機會了。

我想起自己高中時經常閱讀。

受班上孤立的我，在交到唯一的朋友以前，幾乎都沒有跟同學交流，閒暇時間都是閱讀書籍度過的。

其實我想要看漫畫，家裡卻只給最低限度的零用錢，買了什麼都要向家長報告……在這種制度之下，買漫畫回家的話，往往會被嫌棄：「妳又買那種沒用的東西。」

跟母親起不必要的衝突，也讓我覺得麻煩，因此在閒暇時就選擇了「文庫本」這種

買回家也不會被抱怨什麼的媒體來取樂。

「妳果然有閱讀的習慣啊……我就認為是這樣。」

「是喔？」

「嗯，總覺得……這算經驗法則啦，在同年齡層當中，能靜下心講話的女生，大多給我有閱讀習慣的印象。」

「咦～那算什麼法則啊？」

老實說，我是認為「能理解」，反過來想卻又覺得似乎跟偏見有相通的地方，於是沒有坦然表示認同。

「妳都讀什麼樣的書？」

「唔嗯～之前讀過許多種……像村下夏樹我就喜歡。」

「咦，好老成喔……那個人的書喜好分得挺明顯的耶。我是不太欣賞啦。」

「啊哈哈，畢竟滿艱澀的嘛……老實說，要問我對於內容有沒有深刻的了解，我也說不出所以然來，卻莫名地覺得內容引人入勝。」

剛才的尷尬氣氛搖身一變，麻美興沖沖地向我拋出書的話題。

我也很久沒有跟人討論書的事情了，連我自己都能體會到內心有些亢奮。

聊喜歡的書，再反過來聊不欣賞的文章類型。

書的話題讓我們歡談了一陣子。

「我說，沙優妹仔……」

討論的興致過了一個高峰以後，麻美就用較為沉穩的語氣說：

「……妳要不要讀讀看？」

「咦？」

「就是……我寫的小說啦……」

麻美貌似有些難為情，卻又神情嚴肅地看向我。

當然，我根本沒有理由拒絕她。

「麻美妳願意的話……我想讀耶。」

我這麼回答以後，麻美旋即臉色一亮，還連連點了好幾次頭。

接著，她將筆記本遞給我說：「拿去！」

我收下筆記本，仔細端詳封面，發現從封面皺褶的程度，果真看得出那已經一次又一次地被人開開闔闔。

「因為，我一直都是獨自在寫……總覺得……也會希望讓別人看看。」

「這樣啊。不過，妳在筆記本用手寫，說起來滿讓人訝異的耶。」

我表露出坦率的感想。

原本我以為，近年的小說家普遍都是用電腦的文書軟體來寫作。

麻美打工排班的頻率相當高，從平日生活態度看起來也不像浪費的人，感覺她應該會有筆記型電腦就是了……

「也是啦。要投稿獎項的時候，我就會用電腦寫稿啊。不過妳想嘛，我這個人觀念還滿傳統的。」

「傳統？」

「是啊是啊，應該說有實體會讓我比較放心。所以小說也一樣，總之呢，就先親手寫寫看……怎麼說好哩，我想確認寫出來的文字順不順手。」

「順手……」

儘管我覺得自己大致能理解麻美在說什麼，但恐怕並沒有跟她表達的意思完全一致吧，我有這種感覺。

麻美看我有點接不上話，於是虛應似的笑了。

「啊哈哈，抱歉，講了莫名其妙的話。總之妳讀讀看唄。我會在這段期間用功。」

「要不要再睡一下？」

「不用，小睡以後就清醒得差不多了，所以沒關係。」

麻美顯得有些心神不定地點了頭，然後重新翻開參考書，握起自動筆。

看麻美開始用功，我也跟著緩緩地翻開了從她那裡收下的筆記本。

＊

被父母拋棄的少年，每日靠偷竊營生。

某一天，少年在平常生活的森林附近發現了陌生的小屋。

在小屋的後頭，有幾個籮筐，裡面還裝著山一般高的蔬菜。旁邊的曬衣桿上則吊著肉乾與魚。

飢腸轆轆的少年平時都會回到巢穴，才開始吃偷來的東西，唯獨這一天，他忍不住在那棟小屋後頭大口啃起了肉乾。

在那一瞬間，原本已熄燈的小屋一舉變亮，玄關的門緩緩地開了。

少年當場準備用自豪的飛毛腿開溜，不知為何腳底卻像被縫在地面上動不了，沒辦法逃離現場。

從玄關走出的人披著如天上夜色般的長袍，是個貌似和善的男子。

「孩子，你餓了？既然如此，就別吃那種東西，屋裡有更美味的食物讓你享用。」

男子這麼說的期間，少年仍屢次在身上使勁想逃脫，雙腿卻動都不動。明明如此，當長袍男子朝他招手的那一刻，身體就自個兒動了。

少年一心想逃，身體卻背離了想逃的心，自個兒走進了男子家裡。

走進小屋裡以後，少年驚訝得睜大了眼睛。

因為那裡是一座規模明顯與外頭小屋所見截然不同的大豪宅。

「歡迎來到魔法師的隱居之所，可愛的孩子。」

長袍男子自稱「魔法師」，之後又用不可思議的力量，將少年引導至餐桌。

少年被迫坐上椅子以後，裝著美味菜餚的餐具隨即從半空飄來他眼前。

「吃吧。」

突然現身的神祕男子端上菜餚，讓少年感到疑心，然而香味四溢的食物擺在面前，無法招架的他不禁狼吞虎嚥起來。

魔法師笑吟吟地望著這一幕，等到少年將大餐吃個精光以後，他才說：

「孩子，平時你可是像剛才那樣，靠偷竊維生？」

面對他的問題，少年回以沉默，然而那樣的態度形同給了答覆。

魔法師淡淡地微笑，並且凝視少年。

「若你有意……要不要留在這裡協助我？」

話說完，魔法師指了少年面前被清空的餐盤。

「當然，只要你願意協助，我每天都會準備美味的飯菜。你也不用再偷東西。」

魔法師並沒有責備為求生存而行竊的少年，只是用溫柔的眼光望著他。

「你改掉受人指責的行為，再學會一些魔法，我就可以過得比現在輕鬆點。豈不是皆大歡喜？」

少年早已失去信任他人的心，對眼前男子所言並不相信，然而當下只要有避風遮雨的床榻，又保證有飯吃，他認為可以利用魔法師直到對自己產生不便為止。

「……我知道了。」

少年用久未開口的沙啞嗓音這麼說，魔法師便由衷歡喜似的拍了手。

「是嗎是嗎！喜獲佳音啊！」

他說。

「你累了吧。去洗個澡，躺進溫暖的被窩入眠吧。」

少年照著魔法師所說，久違地在滿滿熱水裡泡了個澡，裹著輕柔的棉被入睡了。

少年自然無從得知，這場不可思議的邂逅將大幅改變他的人生……

＊

我明白，劇情才進行到一半。倒不如說，故事在可以稱為楔子的部分就結束了。

我嘆了口氣，緩緩闔上筆記本，旋即感覺到坐在對面的麻美朝這裡瞥了一眼。不過，她立刻便把目光轉回參考書了。

我想，麻美肯定是不敢主動問：「妳覺得怎麼樣？」每次從她身上發現像這樣可愛的一面，我心裡就暖洋洋的。

「麻美。」

「嗯？怎麼了？」

「我讀完了喔。」

「哦，真的嗎！」

麻美應該剛才就察覺了，但她這麼應聲簡直像現在才知道一樣。

我開口準備講感想，卻無法順利想出字句，好幾次將嘴巴開了又閉上。

麻美貌似有些不安地偏頭。

「……難道內容很無聊？」

她說。

我使勁搖頭，力道強得連自己都嚇了一跳。脖子的筋「啪」地拉出聲音，使我繃起臉孔。

「唔哇，聲音好誇張！妳沒事吧……！」

「沒事的，我沒事……呃，我一點也不覺得無聊。倒不如說……」

直到這時候，我才發現，自己一直想要「把感想講得動聽」。

明明身為外行人的我，能講的意見有限。

「妳寫得……好棒……內容很有趣。」

「真的？妳不是在跟我客套吧！」

聽到麻美說話變得大聲，我不由得笑出來。

「嗯，我才不會跟妳客套。妳寫得非常棒。感覺上……明明是辛酸的開頭，卻有著一絲絲溫暖……散發著溫情般的氣息……我覺得好迷人。」

「這、這樣啊……」

「雖然妳的形象並不像會寫奇幻故事……嗯，不過讀了以後，怎麼說好呢……我會覺得……『啊啊……這就是麻美會寫的小說』。」

「什麼話嘛。」

麻美蹙眉偏了偏頭，表情卻只顯得有些靦腆。

我的感想，不過是用言語如實說出了自己體會到的感覺。

感性上，我可以理解寫作的人與寫出來的產物完全是兩回事，然而讀了熟人所寫的

文章，無論如何都難以把對方的形象跟作品切割開來思考。

假如麻美寫了愛恨糾葛的殺人懸疑小說，或許我可以接受，但多少還是會嚇到。

從這層意義而言，剛才她讓我看的這篇故事，對我來說就可以感受到當中有「麻美的風格」。

有一絲絲灰暗，但是帶著溫暖，而且感覺有內涵。

坦白說，我想讀後續的內容。

「好想讀到後續呢……」

我這麼嘀咕，而麻美瞪圓眼睛，接著眼眶微微地濕了。

「……沙優妹仔，妳太詐了……」

「咦？」

「對寫作者來說，那是最欣慰的話耶？」

麻美這麼說道，並且咧嘴一笑。

「那麼，我絕對要寫出後續才行嘍。」

我也忍不住微笑，點了點頭附和：

「嗯，妳絕對要寫。寫完以後，要讓我讀喔。」

「ＯＫ的！不過……我想會滿花時間喔？」

從麻美的那句話可以感受到一絲情緒，好像在觀察我這邊的反應。

我立刻聽出了她的用意。

在理解之下，我緩緩地點了頭。

「嗯，沒問題……無論要花多久，我絕對會讀的。我會過來讀。」

等麻美寫完這篇小說時，我應該已經不在這裡了……她說的是這個意思。

我也那麼覺得。

沒錯，我變得會那麼想了。

只要勇氣再多一點，我就會回去出生的家。畢竟我總不能在這裡，一拖再拖地度過溫暖的緩衝期。

即使如此，我跟麻美之間的友情也絕不會消失，這我們彼此都了解。從麻美所說的話裡聽出那一點，我很高興。

「是喔。那我要把筆記本寫得滿滿。抓到手感以後……下次讓妳看的時候，我會用電腦把稿子打出來。」

「這樣啊？可是妳的字好可愛，我滿喜歡的耶。」

「呃，不要提那個啦！我會介意自己圓圓的字體……」

我一邊哈哈大笑，一邊把筆記本還給了麻美。

麻美從我手裡接過筆記本，目不轉睛地盯著封面。欲言又止的表情。

我什麼也沒說，就等麻美開口。

「……其實呢。」

大概是察覺到我的態度，經過幾秒鐘沉默，麻美緩緩地說了起來。

「沙優妹仔，這部作品……我是在認識妳以後才冒出靈感的。」

「咦……？」

意外的話語讓我目瞪口呆。

「妳想嘛，感覺上……妳是個一向很開朗，又超可愛的女生，有時候卻會露出非常陰沉的臉色。」

「……有嗎？」

「有啦。一不注意，妳就會擺出好像看著遙遠某處的茫然表情，心都沒放在身上。在妳跟我透露許多事以前，我就一直感到很在意。我在想，這個女生絕對懷有什麼心事吧。」

我一邊聽，一邊回顧跟麻美之間的回憶。

回想起來，她從第一次跟我在便利商店排到同一班的那天開始，就對我相當關心。

還在頭一天就說到要幫我「鑑定」吉田先生，突然跑來家裡……

雖然起初也有許多部分讓我感到困惑，但是我會跟麻美變得要好，無疑也有受到她這種不怕事的性子協助。

麻美肯定是看穿了我內心的烏雲，才用開朗的態度跟我相處吧。

我越想，越覺得她是個成熟的女高中生。

「沙優妹仔，不過妳遇見了吉田仔啊？」

「咦？吉田先生？」

吉田先生的名字突然出現，又讓我睜大了眼睛。

「對，吉田仔。妳有了以往不曾體驗的際遇，於是慢慢地改變了啊。那肯定……是往好的方向在改變。」

「……或許是那樣沒錯。不……有道理。妳說得對。」

我認份地點了頭。

假如沒有遇見吉田先生，說不定，我到現在仍無法抬頭向前。

「看你們那樣，我忽然有了靈感。我感覺到：啊，我想寫的就是這種故事。」

「這種故事？」

「對，因為『際遇』而讓人得到救贖的故事。以往做什麼都不順利，充滿著辛

酸……度過這種人生的孩子，因為某次偶然的際遇，而有了巨大轉變。」

麻美瞇起眼睛，帶著好似望著遠方的表情繼續說道：

「像那樣的故事，以創作而言算隨處可見，倒不如說幾乎占了絕大多數。大部分的故事都是從因緣際會開始的。新的際遇，或者與遠方的某個人重逢……經過這樣的情節，於是事情有了轉變。不過，因為那太理所當然，大家都沒有發現。」

麻美不停地說。

平時個性活潑的麻美，現在看起來，倒像個談論夢想的少女，散發著燦爛光彩。

我微微瞇細眼睛，像在注視耀眼的東西一樣地望著她。

「正因為這樣，我才想寫。『際遇』是可以對人生造成決定性改變的。遇見某個人，那個人隨口講出的一句話，是可以帶來救贖的……我想寫這樣的故事……」

說到這裡……麻美稍稍放低了視線，與我目光交接。

經過幾秒鐘的互望，麻美的眼睛突然游移起來。

「……呃，我怎麼突然講得這麼激動。唔哇，好丟臉！對不起喔，都是我一個人在興奮！」

麻美用雙手搧起變紅的臉。

我忍俊不住，並且搖了搖頭。

「不會，沒有關係啊。我現在曉得……妳有多重視小說了。」

我說完以後，語塞的麻美便貌似困窘地僵在原地，跟著笑了出來。

「哈哈，沙優妹仔，妳果然很有包容力……」

「妳還不是一樣。」

「不不不，我根本就是粗枝大葉的小鬼！才不是妳說的那樣。」

看不出是在謙虛的麻美搖搖頭。儘管她認為沒那種事情，繼續爭辯有或沒有似乎也會讓氣氛變得尷尬，我姑且停止回嘴。

重要的是，我認為還有更需要告訴她的事情。

「麻美……妳絕對，要成為小說家喔。」

我只說了這些，麻美就定住不動，還瞪圓眼睛。

「當小說家對妳而言絕對比較好，畢竟妳有想要傳達的理念……而且，妳是認真想傳達出去。那麼，照妳的志向去做比較好。妳有能力的，要當小說家一定行。」

「……沙、沙優妹仔。」

「妳會成為小說家的！絕對可以！」

我一邊說，一邊受到胸口湧上的某種強烈情緒打動，不由得用力握住了麻美擺在桌子上的手。

「然後呢，等妳出書……就在後記裡把這些寫出來吧。說明妳是在認識我以後，才寫出這篇作品的。」

我說到這裡，麻美便把眼睛瞪到讓人驚訝「有那麼誇張嗎」的地步，眼眶裡更是湧現了淚水。

「……嗯，我明白了……！」

麻美帶著鼻音答應我以後，回握了我的手。

「我會的……我要成為……小說家！」

「嗯……！一定要喔！」

我們倆都覺得感慨萬千，還握著彼此的手，抽抽噎噎地吸鼻子。

聽了麻美的夢想，還有她對此寄予的熱情。我身為朋友，沒有理由不給予支持。

希望她的夢絕對要實現。在我如此心想的同時……

忽然間，我體悟到。

那麼，我的夢想又是什麼？

光是面對當下，我就已經毫無餘力，根本沒有心思去想往後的事。

跟吉田先生認識，才終於讓我變得積極正面了一點……然而，我發現那樣的變化，終究侷限於「一點」而已。

麻美活著對於自己的未來，存有比我更加明確而強烈的意識。

相較之下，我……

「沙優妹仔。」

「咦！」

思考到一半被麻美搭話，使我詫異地發出聲音，而麻美重新緊握了我的手。

「等我出書的時候，妳要直接告訴我感想喔。還有……到時妳也要記得，順便跟我做現況報告。」

麻美帶著似乎已經看穿我在煩惱什麼的表情，這麼告訴我，因此我的臉孔又皺成了一團，差點就哭了出來。

「嗯……我會的……！我會向妳報告……自己在從事既開心又了不起的事……！」

「很好很好！我會期待那一刻！」

麻美粗魯地摸起我的頭。雖然頭髮被撥得亂七八糟，但是那根本無所謂。

「唔～……」

當我用家裡穿的連帽衣袖子擦起止不住的眼淚，麻美便哈哈笑了出來。

「沙優妹仔，妳真的好愛哭耶。雖然這樣很可愛。」

「妳還不是一樣有哭！」

「我已經沒哭了啊～」

麻美開心地笑了笑以後，重新坐回地毯上，「呼～」地吐了氣。

「哎……總之呢……」

她迅速擺回正經臉孔，並且告訴我：

「要先準備應考。」

「……也對呢。」

對她來說，還有對我來說，迫在眉睫的問題是應考，以及高中畢業。

從出席天數來想，我無論如何都會留級，話雖如此，這並不代表我現在就可以不必用功讀書。

以往我都是漫不經心地在「用功」，可是今天跟麻美談過以後，我重新體認到當中的意義。

為了夢想，要逐步累積當下能付出的努力。

用功，還有回歸原本的生活，都算在其中……

「……好。」

聲音小歸小，我仍多添了一股力道。

「再加把勁吧。」

我重新翻開參考書，並且如此嘀咕。

坐在對面的麻美也嘻嘻笑了笑，簡單應聲說：「是呀。」然後又專心用功。

麻美似乎將我跟吉田先生相遇這件事，評定為「好的際遇」，儘管我實際上也是這麼想……

對我而言，能夠遇見麻美，同樣是一段美好的際遇。

為了履行跟麻美「在未來的約定」……現在，就一項一項地去完成自己能做到的事吧。

我毅然地懷抱著這樣的念頭。

第17話 Cosplay

「妳不是說過什麼忙都願意幫嗎！」

「我是說過什麼忙都願意幫，不過這絕對跟寫小說無關啊！」

房間裡響起了兩個女高中生的聲音。而且還是在空間狹窄的小套房裡。

我一邊在床鋪上網，一邊帶著生厭的臉色聽那些聲音。儘管我並不想聽她們拌嘴，但房間狹窄成這樣就算不想聽也會傳進耳裡。

「才不是無關的哩！沙優妹仔，為了具體塑造一個跟妳很～像的角色，這是必須的神聖儀式！」

麻美說著便想塞給沙優的玩意，明顯是一件「女僕裝」。

「我只讀了開頭，可是妳的故事根本就不會出現女僕吧！」

「會出現的啦！真的！」

「那妳讓我讀啊！」

「現在還沒有斷在一個好的段落，所以不行！」

內容換湯不換藥的爭論，從剛才就像這樣一直持續著。

我實在聽膩了。

「怎樣都好，妳們能不能安靜點？」

我忍不住插嘴，結果麻美的眼睛狠狠地朝我瞪來。

「什麼叫怎樣都好！」

「因為妳們太吵了啦！」

「吉田仔明明也想看沙優妹仔穿女僕裝！」

「那又沒有什麼好看的……」

我對女僕之類的萌系文化實在生疏。

更何況在我的腦海裡，沙優穿制服或家居服的印象比較深，穿女僕裝會是什麼模樣根本無法想像。

我一邊這麼想，一邊瞥向沙優，她帶著怪恐怖的臉色朝我看了過來。

「怎樣啦？」

「呃，誰教吉田先生說得一副『沒什麼好看』的口氣……」

她的眼神明顯在生氣。不是說不想穿嗎？

「因為麻美說我明明想看，我才回答沒有的吧。」

「可是，你何必冷冷地表示『沒什麼好看』……」

「怎麼了，沙優妹仔！果然妳還是想穿嗎！」

「並沒有！」

沙優反射性地把拿著女僕裝撲上來的麻美推開。

我斜眼看著她們那樣嚷嚷，深深嘆了口氣。因為我覺得這件事暫時還有得吵。

話又說回來，麻美今天之所以在我家，是基於一如往常的讀書會。她都會在週末來我的套房跟沙優一起用功，這已經快要成為她們的例行公事了，然而今天麻美卻帶著大件行李出現。由於她手裡捧了看似裝著不少東西的波士頓包，當我納悶她該不會是要留下來過夜的時候——

麻美就把行李重重地擱在房裡，用了大音量這麼宣布：

「沙優妹仔！今天我們要舉行Cosplay大會！」

愣住的我和沙優被晾在一邊。麻美唰地拉開包包的拉鍊，伴隨「噹噹～！」的歡呼聲，她從包包裡拿出了女僕裝。

沙優瞪圓了眼睛，仰天無語。

跟著，就是這場騷動。

吵得我無可奈何。妳們要鬧倒是去麻美家鬧啊，不過她好像也有許多難言之隱吧，況且要我對女高中生說教，反遭奚落的話我可吃不消。

我對於叫她們安靜已經死心，於是找起了不知道放在哪裡的耳機。

然而，轉過來搭話的麻美打斷了我。

「吉田仔，你也說說她嘛！告訴她幫朋友一個小忙又不會怎樣！」

「哪有什麼忙好幫，妳只是想讓沙優Cosplay而已吧？」

麻美大概沒想到會被我這樣點破，一瞬間說不上話。但她立刻惱羞成怒似的扯開了嗓門。

「或許是那樣沒錯啦，可是我寫小說真的會需要啊！」

「誰知道妳在寫什麼……難道妳自己穿不行嗎？」

麻美聽了我說的話，臭著一張緊巴巴的臉，把頭轉向旁邊。

「我自己穿又看不見！」

「有鏡子吧。」

「我是想看可愛的女生穿啊！」

「妳也夠可愛了吧。」

麻美頓時定住不動。

「……唔咦？」

連麻美旁邊的沙優，也跟麻美一樣定住不動了。

看到她們兩個的反應，我心想「糟了」。

她頂一句我回一句，結果不假思索地把感想說溜了嘴，難不成這種發言也會被歸類為「性騷擾」……？

以往我暗自以為麻美屬於不會拘泥這些小節的類型，不過這種成見本來就是造成騷擾的導火線……

「呃，抱歉……」

「呃，幹嘛道歉……」

麻美也完全喪失了先前的那種氣勢，還緩緩地摺起原本想塞給沙優的女僕裝，臉色有點紅。

沙優交互看著我和麻美，明顯一臉困惑地眨了眨眼睛。

「哎，好像是我太強硬了點……都讓吉田仔生氣了，今天就乖乖念書吧……」

「麻、麻美？呃，那個……」

麻美突然變得安分了，沙優則戰戰兢兢地對她說：

「如果真的有必要，我是可以穿啦……」

「真的嗎！妳肯穿嘍？我就知道沙優妹仔會答應的！那就來吧！立刻把衣服換上去

唄！」

「咦，等……等一下！」

麻美聽完沙優的話，又振奮地把女僕裝塞過來，使得沙優臉上明顯露出「上當了」的訊息。

可是，基於本身的個性，一度說「好」的她似乎無意出爾反爾，這次就把服裝接到手裡了。

「那麼，吉田仔。」

「嗯？」

「沙優妹仔現在要換衣服。」

「…………咦咦，我得出去嗎？」

「這還用說！」

「小鬼頭換衣服又沒什麼好……」

「反正你出去啦！」

麻美猛拉我的手臂，使我被迫從床上起來。

「啊啊，等一下，菸！我拿個菸！」

我拿了擱在床邊櫃上頭的菸與打火機，不情願地來到陽台。

一來到外頭，便聽見窗簾被「唰！」地拉上。

我別無用意地用涼鞋的鞋尖叩地，並且低聲咂舌。

「這可是我家耶……」

我拿了根菸，用火點著。

把煙吸進身體，吐出。完成一連串可說是例行程序的動作以後，幾秒鐘的怒氣也就變得無所謂了。

「……話說回來。」

冷靜以後，我開始對自己的用詞介懷。

「小鬼頭換衣服的發言……說不定也算性騷擾。」

從我的立場來想，畢竟是住在小套房，我覺得避免彼此不看對方換衣服也就行了，以往生活都是這麼過的。

可是在麻美看來，那應該有違常識。以觀感而言，或許類似於高中生不分男女都在同一間教室換衣服上體育課。

在我的觀念，既然前提是不要盯著彼此換衣服，感覺跟「有年齡相差甚遠的小孩在房裡換衣服」差不多。

然而，她們要是無法跟我有同感，我講的話就可能引起不快。

「會讓對方覺得被騷擾，便構成性騷擾……畢竟這是社會上常有的說法。」

我如此嘀咕。

把煙吸進身體，吐出。

「……」

把煙吸進身體，再吐出。

「這可是我家耶！」

為什麼我非得在自己的住處提心吊膽地慎防性騷擾啊？我獨自感到憤慨。

*

「噹噹～！吉田仔，怎樣？」

總算從陽台回到自己房間以後，只見麻美莫名其妙地驕傲挺胸，而在她後頭，則有沙優一副無所適從地站著的身影。

迷你裙款式的女僕裝質地輕巧，正符合所謂「Cosplay」給我的印象。在黑色洋裝前面，還掛著彷彿不可或缺的白圍裙。

「噢噢……何必問我怎樣。」

老實講，要我發表意見很為難。

「總有什麼可以說吧！一句話就好！」

麻美興致勃勃地問我感想，可妳本來不是聲稱寫小說要參考的嗎？

儘管心裡這麼想，但看了麻美的眼神，就知道現場的氣氛顯然不允許我毫無意見。

「呃，該怎麼說好呢……」

我還沒想到要講什麼就開了口，只好將嘴巴一張一張地虛晃幾次，才講出答案。

「……感覺很像Cosplay。」

「蠢貨！」

「很痛耶！」

背後被麻美動真格拍了一掌，使我看向她那邊。

「妳搞什麼啦！」

「還問我搞什麼！你那算什麼感想！」

「不是，誰教她這套女僕裝怎麼看都像Cosplay……」

「哪有什麼像不像，早就跟你說過這是Cosplay了吧！問題不在那裡，我是在問你覺得可不可愛！」

「那妳一開始就該這麼問啊！」

「好、好了啦……你們兩個……聲音有點大耶。」

當我因為麻美橫眉豎目地叫罵而不服輸地回嘴反駁時，直到剛才都一直貌似困窘地沉默不語的沙優終於開了口。

的確，這間房子是用鋼筋混凝土建造而成，不太會聽見鄰居日常生活的動靜或對話聲，因此我往往會忘記有鄰居。然而用這麼大的音量鬥嘴，即使給左鄰右舍帶來困擾也不奇怪。

麻美也不是真的在生氣，倒不如說，情況正好相反，她看起來是因為玩開了才情緒激動。所謂「嗆人當有趣」就是像她這樣，被嗆的我還一一回嘴只會越來越吵。

「哎，要說的話……」

我壓低音量，然後告訴她們：

「我無法否認有Cosplay感。不過，還挺新鮮的，因為平時都是看沙優穿制服或家居服。」

「……是、是喔。」

沙優聽完我說的話，用右手緊緊抓著裙襬，點了點頭。

麻美交互看了沙優與我，然後用手肘頂了我的側腹部。

「怎樣？」

「可愛嗎？」

「我說妳喔……」

我摸不清麻美千方百計要我說「可愛」有何用意，又準備跟她爭。然而……

「唉……」

我放鬆身上即將鼓起的氣力，緩緩呼了口氣。

再拿同一套跟她爭那些無謂的事也沒用。

「對啦，我覺得可愛。」

我這麼說完，麻美就臉色一亮，還笑著跟沙優起鬨：「聽到沒有！太好啦！」

沙優也微笑點頭說：「嗯……」不過她也明白那句誇獎幾乎是逼出來的，表情便顯得有些尷尬。

「那麼，來換下一套服裝吧！」

「咦！還有嗎？」

「當然有啊！接著換護士。」

「護士……會在妳的小說出現嗎？」

「嗯～沙優妹仔，會不會出現……就看妳嘍？」

「唉唷，什麼話嘛！」

沙優明顯已經一臉厭煩了，麻美卻依然沒有退讓的跡象。

結果說來說去，沙優還是拗不過她，我又被趕到陽台了。

被當成換裝娃娃的沙優固然也很可憐，不過受害最深的是我吧……？

我一邊這麼想，一邊又從包裝盒裡拿了根菸。

接著，想點菸的我在當成家居服的連帽衣口袋摸索，發現應該要有的打火機不在裡頭。

「咦……奇怪……」

即使我翻遍身上衣服的每個口袋，還是沒有打火機。

「唉……」

或許是我回到房間時，無意識地就擺到桌上或哪裡了。

我發出嘆息，把菸塞回包裝盒。

「諸事不順的放假日……」

我喜歡在假日照自己的步調悠哉過活，今天卻明顯感受到假日的自由受到了侵害。

而且最奇怪的是，麻美的那副調調。

平時麻美也會亂開玩笑，但她在骨子裡基本上仍算正經，並不是會造成他人困擾的那種女孩。相處久了，沙優跟我都明白她的為人並非只有外在看到的那些特質。

可是，明明沙優跟我都一頭霧水，今天的麻美卻好像硬要帶動場面。何況那明顯不是「為了她的小說」。

目睹一向穩重的她，想靠著嗨到不自然的情緒將所有事含混帶過，我實在無法抹拭內心感受到的不對勁。

「吉田仔，沙優妹仔換好衣服嘍！」

陽台的門突然打開，麻美從房間裡把臉探了出來。

「是、是喔……」

「好啦，快進來快進來！」

我被情緒明顯還是比平常亢奮的麻美拉著手，急忙脫掉了涼鞋，從陽台回到室內。

臉色比剛才更紅，還用雙手將過短裙襬拉住的沙優就在那裡。

「唔哇……」

我不由得蹙眉。

「『唔哇』是什麼意思！」

麻美又不知道在興奮什麼地猛拍我的背。

「呃，那當然是因為……感覺已經像在做那種生意的店家了吧。」

我這麼一說，麻美瞬間愣愣地眨了幾次眼睛，接著「噗哧」地笑出來。

「你說的那種生意……呵，是指什麼店家啊？」

麻美用尋開心的口吻忍著笑意把頭偏一邊問我，因此我又得忍著不讓額頭上的青筋暴跳。

「我的意思是太暴露了。」

「有什麼關係嘛，反正在家裡。」

「只有妳們就算了！還有我在耶！」

「咦，怎樣，表示看到暴露的沙優妹仔會讓你興奮？」

「啥……」

我想表達的並不是那個意思，被她一說卻覺得好像是自己失言，沒辦法立刻否認。

我瞥向沙優，目光旋即跟她對個正著。

把目光轉開以後，視線不自覺地落到底下，使我看見了沙優穿的護士服。

那是淡粉紅色的連身式服裝，尺寸卻格外貼身，裙子短得難以置信。

從沙優按著的裙襬底下，有她修長又肉感適中的腿伸出來……

「夠了！」

我使勁把頭轉向旁邊。

「有人在屋裡穿得這麼暴露，會覺得不自在是當然的吧！」

「對耶~好像沒錯。」

我以為麻美又要東拉西扯地刁難並且問感想，不過她賊笑歸賊笑，還是同意了我所說的話。

接著，麻美就緩緩啟動了手機的照相功能，「啪嚓」地將沙優拍下。

「咦！妳拍照了嗎！」

「對啊，我要當資料咩。那麼，接下來換這件。」

「咦咦……還有啊……？」

麻美無視於一臉煩倦的沙優，這次又從波士頓包裡拿了類似哥德蘿莉禮服的服裝，並且塞給沙優。

我看到她那樣，終於忍不住插了嘴。

「我懂了。妳們可以在我家弄這些。」

「嗯？」

「每次都要被趕到陽台太麻煩，總之在結束以前，我會出去找個地方殺時間。」

「咦——！那就沒意義了嘛！」

「啥……？」

見我眉頭深皺，麻美說溜了一句「糟糕」，然後掩住自己的嘴。

「妳是要用來當小說的資料吧？那不就跟我無關？」

「啊哈哈，是那樣沒錯啦……」

麻美露出明顯是在敷衍的笑容。

我終於按捺不住地拉了麻美的手。

「咦，吉田仔，你等一下……！」

我大聲地單手推開陽台的門，先讓麻美穿上涼鞋，再攆她到外面。

「咦咦～！」

無視於困惑的麻美，我關起陽台的門，上了鎖，接著立刻走向玄關，去拿自己的鞋子。

「吉、吉田先生……？」

從玄關拿了鞋的我又走向陽台，而沙優貌似困惑地叫了我。

「妳等我一下。」

「好、好的……？」

我側眼看著明顯一臉疑惑的沙優，同時又打開陽台那扇門，放下鞋子，把腳穿進去到了外頭。

當我關門以後，麻美就戰戰兢兢地望著我這邊。

「吉、吉田仔……你、你怎麼了～？」

「那是我要問妳的台詞。」

我一說，麻美便畏懼似的縮起肩膀了。

看到她那樣，我才發現自己發出的嗓音比想像中低沉。

「唉……沒有，我並不是在生妳的氣，抱歉。」

我發出了明顯會讓人以為在發脾氣的嗓音。不，或許我其實是有一點生氣，但我把麻美叫來陽台並不是想要訓斥她。

「因為妳今天的模樣明顯不對勁。再讓妳留在家裡瞎起鬨，我認為會造成困擾。」

「……對、對不起。」

「倒不用道歉啦……妳今天是怎麼了，麻美？」

我重新問對方，而麻美似乎在選擇用詞而讓目光亂飄。

接著，她將眼睛微微往上瞟，看向我這邊。

「你可不可以對沙優妹仔保密？」

「妳不希望我說的話，我就不說。」

麻美聽完我的回答，緩緩地點了幾次頭，然後徐徐開口：

「呃，那個……我是在想……要讓你和沙優妹仔的距離……再縮短一點。」

「……嗯？」

「你想嘛！沙優妹仔又不能永遠都留在這裡，對吧？所以我才希望在她回去以前，能讓你們兩個的感情變得好一點。」

我認為自己跟沙優的關係並沒有糟到需要讓麻美來擔心就是了……

當我蹙眉這麼思索時，麻美似乎看透了我的心思而嘆氣，然後搖搖頭。

「又沒有那麼糟！或許你是這麼想的，但我可不是那個意思。」

「咦？」

「我是希望你們兩個……可以要好到……變成情侶。我希望你們在一起啦。」

「……啥？」

我發出聲音時又不小心動了氣，麻美尷尬地聳了聳肩。

「你說過女高中生在你的戀愛對象範圍外吧。」

「對啊。我說過好幾次了吧。」

「我覺得呢，戀愛跟年齡沒什麼關係。」

「我染指女高中生會構成犯罪啦。」

「事到如今，你還顧忌犯罪？」

面對麻美的指正，這次換我悶不吭聲。的確，要談到那些的話，我早就處於涉身於

犯罪的狀態了。

畢竟未經對方家長許可就讓別人家的孩子在家裡留宿，便是不折不扣的犯罪者了。

「吉田仔，撇開那些『規範』，難道你對沙優妹仔都沒有任何感覺？」

「我愛惜她。但她並不是戀愛對象。」

「真的？」

「真的。」

「可是剛才你看她穿護士服時，明顯就一副色臉。」

被麻美一說，我覺得身體裡逐漸發熱。因為羞恥的關係。

「她穿得那麼暴露，難免會讓人胡思亂想吧！」

「對，沒錯！我要的就是那樣！」

「啥！」

麻美忽然豎起食指，讓我頭上冒出好幾個問號。

「說到底，你就是沒有把沙優妹仔當成『女人』，才一口咬定她不是戀愛的對象嘛！所以我在想，拿掉那種成見以後，你是不是就會變得坦率。」

「什麼叫變得坦率？」

「吉田仔，我覺得你努力想當個『保護者』，就會壓抑自己對沙優妹仔的情……」

「慢著慢著，妳等一下！」

我打斷麻美說的話，並且搖頭。

感覺麻美從根本上就有所誤解。

我並沒有努力把沙優排除在戀愛對象外。

只是自然而然就這樣了。

歸根究柢……

「我喜歡的對象另有其人。」

聽我這麼一說，麻美的臉色明顯變得黯淡。

沒錯，到現在，我依然喜歡後藤小姐。

只是因為有沙優讓我忙得七葷八素，精神上就缺乏分時間給戀愛的寬裕，我的心意並未改變。

所以，在這份心意消失以前，我不可能用那種眼光看待沙優。

「可是……那樣的話……」

麻美難得結結巴巴地語塞。她狀似想表達些什麼，話語卻無法順利說出口。

「可是，最起碼……你總可以稱讚她可愛之類的嘛，有什麼關係呢？」

麻美這麼說道，並且看向我。

「要是能聽你稱讚『可愛』，我覺得沙優妹仔會很高興。」

「……沒有那種事吧。」

「有啦！」

麻美扯開嗓門。太陽西沉的住宅區響起她宏亮的聲音，她受驚嚇似的東張西望，還把手遮到嘴邊。

不過那僅限片刻而已。她稍微放低音量，連珠炮似的繼續說道：

「就算她不是戀愛的對象，至少也有讓你覺得可愛的時候吧。你有把那種想法化成言語過嗎？」

「我認為我想到的時候就會說。」

實際上，沙優讓我覺得可愛的舉動和表情多得是。因為沙優不會故作成熟，我覺得她露出的純真笑容非常可愛。

「真的嗎～？像今天你就根本沒有稱讚她嘛。」

「那是因為妳每句話都在引導我稱讚吧。」

「怎樣，你在耍彆扭？要你把想法講出來就會覺得排斥？」

「妳錯了，我排斥的是口是心非。」

我一說，麻美就動搖似的稍微睜大了眼睛。

「……意思是，你看了她的Cosplay也不覺得可愛？」

「……與其說不覺得可愛……」

我回想起沙優Cosplay的模樣，把頭歪向一邊。

我並沒有覺得不合適，或者不可愛。

儘管如此——

「要說的話……總覺得……就是不自然。」

沒錯，看了會覺得不自然。

沙優還露出了生硬的表情，說起來比較像在害羞。

目睹沙優困擾的臉色，我會跟她一樣感到困擾。

「我喜歡的，是她保持自然的模樣。假如沙優很有興致玩Cosplay，或許我就會覺得可愛……不過，今天她明顯是一副困擾的模樣吧。」

聽我這麼一說，麻美露出了像是被戳中痛處的表情，在沉默幾秒後點了頭。

「嗯……感覺沙優妹仔被我鬧得很困擾……」

「對吧。所以嘍，我比較在意她困擾的臉色，就沒心情注意服裝了。」

「……這樣喔。」

麻美又點了一次頭，然後深深吐氣。

在吐氣的同時，麻美似乎也放鬆了肩膀的力氣。

「總覺得，我是不是白忙了一場……？」

「哎，看來是這樣。」

「是喔……對不起。」

麻美洩氣地朝我低下頭簡單表示歉意，然後緩緩靠向陽台的圍牆。

「我覺得你跟沙優妹仔很相配的說。」

「妳還講這種話？」

麻美側眼看見我蹙眉，於是徐徐搖頭。

「吉田仔，我知道你是把沙優妹仔當成小朋友在照顧。不過沙優妹仔她……」

話說到這裡，麻美就噤聲了。

麻美顯然打算告訴我「沙優並不是這麼想」，我卻覺得那是滿天馬行空的想像。

好比在我看來沙優是個孩子，在沙優看來我也就只是個大叔才對。

我們眼中的世界，還有生活的世界都差得太多。

「……算了。對不起，今天造成了你的困擾。我也會記得向沙優妹仔道歉。」

「好啊……麻煩妳了。沙優明顯比我還要困擾喔。」

「嗯，真的是那樣。很少看見沙優妹仔的臉色會那麼困擾。」

「既然妳曉得，趁早打住就好了吧。」

「我錯失收手的時機了嘛。」

麻美說到這裡，吸了一大口氣，並且吐出，看得出她的胸脯隨之脹起，然後縮小。

接著，她心血來潮似的狠狠瞪我。

「吉田仔，可是你都不稱讚沙優妹仔『可愛』，對我卻願意開金口，感覺就說不過去了。」

「啥？」

我一瞬間搞不懂麻美在說什麼，於是愣愣地發出了聲音。

難道我有稱讚麻美可愛嗎？思索了幾秒，我冒出「啊」的一聲。

我想起在麻美提到「她想看可愛的女生穿Cosplay服」的時候，自己曾衝口說出「妳也夠可愛了吧」這種話。

「今天，你有隨口說過對不對？」

「哎……我是說過。」

「不行吧，那種話不應該對我說的，在那種場合。」

麻美說是這麼說，我卻不由得歪了頭。

「呃，我是真心那麼想才會說出口。」

我可沒有靈巧到能言不由衷的程度。

我如此斷言以後，麻美把嘴巴撇到了一邊。然而她的臉有幾分紅潤。該不會是在害臊吧？

「反正！從今以後不准你在沙優妹仔面前說我可愛！」

「那沙優不在時就可以嗎？」

我拋出純粹的疑問，這次麻美的臉就明確地變紅了。

「那……」

她哆嗦得嘴巴都在抖。

「那不是重點啦！」

麻美大聲吼我。住宅區裡又迴盪起她的聲音，而我看了她自個兒慌起來的模樣便忍俊不住。

「哎，總之我們回屋裡吧。抱歉，突然把妳拉出來。」

「不會啦，我也有錯……」

麻美邊用雙手搧風邊點頭，彷彿要讓自己的臉冷卻。

我打開陽台的門，脫掉鞋子，走進屋子裡。

只見沙優正氣勢洶洶地站在房裡。

她那身服裝，讓我和麻美都目瞪口呆。

「你們悄悄話講完了嗎？」

聽見沙優交抱雙臂這麼問，麻美帶著依然目瞪口呆的表情——

「回稟長官……講完了……」

回答得恭恭敬敬。

沙優換上了哥德蘿莉服站在那裡。

身穿哥德蘿莉服，還交抱雙臂氣勢洶洶地站著的沙優……老實說這一幕太超現實，我跟麻美都無言以對了。

沙優交互看了我和麻美，並且張大嘴巴說：

「都是因為妳叫我穿，我才穿的耶！起碼講一句感想怎樣！」

「……是！妳這麼穿實在是可愛得不得了！」

麻美一邊立正敬禮，一邊用不輸給沙優的大音量答話。

這會兒沙優就默默地朝我看了過來。

意思應該是叫我也發表感想吧。

「……意外適合妳耶。」

我說完以後，沙優便以不自然的語氣點頭應聲：「嗯。」然後又看向麻美。

「要拍照的話快點拍啊。」

「是！請容我為妳拍照！」

麻美像進了軍隊一樣地回話，還拿出手機啪嚓啪嚓地拍下幾張照片。

「還有別的衣服嗎？有就拿出來。」

有別於平時，沙優的語氣明顯較凶，我跟麻美都難掩困惑之色。

「呃……有是有，沙優妹仔……妳怎麼了？」

「不拿的話就解散！」

「是！有衣服！我這就拿！」

受到沙優的大音量影響，麻美也跟著大聲回話，然後匆促地跑向波士頓包。

我緩緩地朝沙優接近，並跟她耳語。

「妳是怎麼了？突然這樣。」

我一問，沙優便凶凶地瞪我。

「我沒頭沒腦地突然被逼著Cosplay，你們兩個又突然講起悄悄話……狀況根本太莫名其妙，我的火氣就上來了。」

沙優從鼻子「哼」地呼氣，並且告訴我：

「既然走到這一步，我想乾脆把麻美帶來的衣服全部穿看看。」

聽了她的回答，我忍不住笑出來。

「你笑什麼嘛！」

「沒有，我是覺得妳這樣很可愛。」

我這麼說道，而沙優一瞬間睜大眼睛，臉頰還微微變紅了。

「明明我穿成火辣的模樣，你也不會說可愛。」

「因為火辣的模樣不適合妳啊。」

「……哎，我好像可以理解就是了。」

話說完，沙優總算跟平時一樣笑逐顏開。

看她那樣，我也總算放了心。

之前看麻美瞎起鬨，沙優又一直感到困惑，我心裡難免七上八下。

像這樣看到沙優一如平常的笑容，我忽然覺得這活動似乎滿有意思。

「好！那接下來換這件！」

麻美跟著把旗袍交給沙優。

「好的，那我現在要換衣服了。」

沙優從麻美手上接過衣服，然後瞥向我。

我發出嘆息。

「又得去陽台？」

「去廁所也可以喔？」

「……我選陽台。」

我露出苦笑，從桌上拿了香菸盒和打火機，然後走向陽台。

就讓她們盡情鬧吧，我落入如此的心境。

「糟糕，我對沙優妹仔……好像喜歡到連命都可以不要了。」

「妳事到如今還在胡說什麼啊？」

我一邊聽麻美和沙優在背後這麼對話，一邊來到陽台。

點著菸，吸了比平時更深的一口。

接著我緩緩吐出，這才體認到內心平靜下來。

我不太明白，麻美想讓我跟沙優要好到「變成情侶」，究竟是什麼用意。

然而，我現在知道麻美本身也是認真在為我跟沙優著想了。儘管沒辦法否認她這樣給人白操心的感覺……我還是感謝她的心意。

還有，我們從陽台回房間以後，沙優固然找了些理由，我仍然曉得她顯然是在體恤麻美。

況且沙優並沒有勉強自己，至少她是為了麻美著想。就算對麻美的用意不甚了解，沙優仍有心還就對方。

看她們兩個這樣相處，我心裡也暖了起來。

「妳能交到好朋友，實在太好了……」

我一邊嘀咕，一邊發自內心這麼想。

不過，當我思考到一半，沙優扮成護士的模樣卻忽然從腦海閃過。

苗條的身材曲線，搭配肉感適中的腿。

穿上貼身的服裝以後，美好的胸形更是不由分說地被襯托出來……

我使勁甩頭，抹去了腦裡的印象。

「對方可是小鬼頭耶……」

越想我越痛切體認到，自己也是名為「男人」的生物。

嘴上說自己對沙優沒有戀愛情感，但看見她裸露肌膚到這種地步，一瞬間性慾就差點冒出來張牙舞爪的事實，讓我不寒而慄。

往後，我希望自己仍處在保護沙優的立場。

為此，我該把這些歪念頭全部拋開才對。

我把菸捻熄，用雙手從臉頰兩旁甩出一聲響亮的耳光。

正好在這時候，陽台的門開了，麻美從裡頭探出臉孔。

「噹噹～接著是旗袍！」

進進出出的也嫌麻煩，我穿著涼鞋直接探頭看向屋裡，結果發現沙優興致高昂地拿著扇子在擺姿勢。

不，與其說興致高昂，看起來倒也像是自暴自棄……

見狀，我露出苦笑，趁著還沒被催促就先開口：

「哎……滿適合的嘛。」

我設法不去看沙優從開衩旗袍露出來的修長美腿，還點了點頭給予讚許。

沙優的臉紅歸紅，仍然得意地從鼻子裡發「哼哼」的聲音，而我一邊斜眼看著她，一邊又把陽台的門關上。

後來Cosplay大會持續了幾個小時，我在一天內就抽掉了整盒香菸。

我過了個異想天開的假日。不過到最後麻美和沙優似乎都有盡興……唉，也好。

後記

初次見面，我是しめさば。

我是個勉勉強強在網路上寫作的人，甫一留神，已經有幸得以在角川Sneaker文庫出版第五集。我想自己對於寫後記也逐漸感到適應了。

那麼，這次要談的是貓。

我從今年（2020年）5月起，收養了一隻配種員轉讓給我的緬因貓。

我所認識的「貓」這種生物，是性情我行我素，除了希望被理會時都不想有人理，摸得太多就會表示排斥的生物，這便是我對貓的印象。因為以往遇見的貓大多如此。

然而，來我家的這隻貓咪卻跟那樣的印象截然不同。

來我家才五分鐘就會露出肚子撒嬌，再五分鐘便坐上我的腿撒嬌，假如看不見我的身影——即使我只是去上個廁所——牠就會狀似不安地發出啼聲……總之是一隻獨處便覺得不安，又非常黏人的貓。

對此我深感困擾。

因為正如前面所述，在我的觀念中，貓是「只要記得餵食和打掃砂盆，就算沒有伴也能自得其樂，被理會反而會嫌煩」這樣的生物，因此我才下定決心開始養。

雖說我基本上也都在家，卻非得工作才行，所以並不能一天到晚都顧著貓。

讓貓咪進工作室，牠就會啃滑鼠或者把滑鼠線咬斷，使我完全無法專心工作，只好把貓攆到客廳，而牠又會啼得好似寂寞難耐……等工作告一段落走出房間，便會發現牠坐在房間前面等。

明明會用啼聲吵著要我陪牠，但一起待個幾十分鐘後就進入撒嬌模式，還毫不留情地用銳利的牙齒和爪子找我嬉戲，使我弄得渾身都是血，到最後就沒辦法長時間跟牠一起相處……

寫這篇後記時，我跟貓共同生活已經過了半年，到目前卻還是在錯誤中摸索跟貓咪好好相處的方法。

不知道牠會變得成熟點，逐漸學會享受獨處的時間，還是會一直都維持這調調……當下完全不得而知，但我希望能設法找出彼此在生活上的共通處。

老實說，我是懷著相當輕率的心態——自以為了解養寵物有多辛苦——而開始養貓的。由於在老家也有養寵物的經驗，我便不明所以地認為自己懂得「養寵物」這回事。

實際試著獨力養貓以後，我才發現感覺像「跟一個語言不通的人同居」。我只能隱約了解對方有需求，而我即使解釋自己的需求，對方又不開竅……生物要住在一起，真是件難事呢。

我在執筆以同居為題的輕小說，卻到現在才實地有了如此的領悟，這讓我覺得很有意思，就寫進了後記裡頭。

往後我仍會努力跟貓打好關係，設法從錯誤中逐步摸索出讓彼此過得開心的模式。

接著要致上謝詞。

首先，我要感謝這次協助執筆的K編輯。儘管每次都會給您添麻煩，生性樂觀的您仍願意帶著「這算不了什麼」的臉色處理工作，著實惠我良多。

接著，我要感謝在這次重回封面及插圖繪製崗位的ぶーた老師。能收到您畫的封面草圖，讓我高興得發抖。收到實物以後我會供為寶物。

還有，我也要由衷感謝閱讀本文肯定比我更認真的校正人員，及其他參與本書出版工作的全體人員。謝謝你們。

最後，連短篇集都肯解囊買下的各位讀者。雖然我已經致意好幾次了，但是能一路出書至今全是託各位的福。誠摯感謝。往後我身為《刮鬍》的作者、身為一名作家，仍會繼續求精進，還請大家多多指教。

請容我一邊祈禱自己所寫的故事還有緣分與各位相會，一邊為這篇後記劃上句點。

しめさば

終將成為妳 關於佐伯沙彌香 1~3（完）

作者：入間人間　插畫：仲谷 鳰

睽違了多年的「相遇」——
沙彌香的戀愛故事完結篇。

小一歲的學妹枝元陽愛慕升上大學二年級的沙彌香。儘管沙彌香一開始警戒著積極地表達好意到甚至令人無法直視的陽，最終仍有如回應她的好意那般，開始摸索戀愛的形式，下定決心，要試著碰觸那星星看看……

各 **NT$200/HK$67**

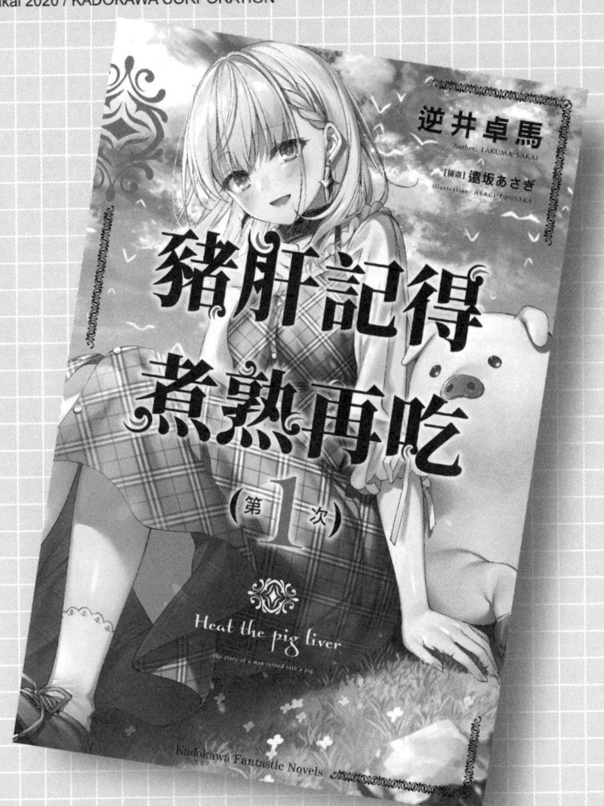

豬肝記得煮熟再吃 1 待續

作者：逆井卓馬　插畫：遠坂あさぎ

生吃豬肝結果變成豬!!!???
轉生成豬與美少女打情罵俏（!?）的奇幻故事

被純真美少女照顧的生活。嗯～當一隻豬也不壞嘛。但少女似乎背負著隨時會遭人殺害的危險宿命。很好，雖然不會魔法和任何技能，但就由我來拯救潔絲。同生共死的我們即將展開一場嘎嘎嘎的大冒險！

NT$220/HK$73

你喜歡的不是女兒而是我!? 1 待續

作者：望公太　插畫：ぎうにう

單戀對象居然是青梅竹馬的媽!?
悖德（？）與純情交織的愛情喜劇，即將開演！

我，歌枕綾子，3×歲。升上高中的女兒最近和青梅竹馬的少年阿巧最近關係不錯……咦？阿巧有話要跟我說？哎呀討厭啦，和我的女兒論及交往好像太早──「……我一直很喜歡妳，請跟我交往。」咦？鄰家男孩迷戀的居然是我這個當媽的？不會吧！

NT$220/HK$73

神童勇者的女僕都是漂亮大姊姊!? 1~3 待續

作者：望公太　插畫：ぴょん吉

「比起這個國家的律法，
我更看重妳的想法。」

少年和大姊姊們的生活仍充滿騷動！為探查諾因的真面目，席恩開始調查身上魔王的詛咒。同時，來到鎮上的雅爾榭拉發現有貴族正在進行「反奴隸運動」。幾天後，有個商人來到席恩的宅邸，並帶來兩名年幼的混血妖精。正好就是身處改革漩渦中的奴隸⋯⋯

各 **NT$200/HK$67**